Il

Consulente

Veggente

Juan Moisés de la Serna

Tradotto da Alessandra Marchese

Editorial Tektime

2021

Nessuno avrebbe potuto dirmelo, e se lo avessero fatto non gli avrei creduto, che sarei diventato uno scrittore, con quello che mi costava leggere da piccolo. Nonostante ciò, le circostanze mi avevano costretto a questa professione. poiché, con tutto il tempo che avevo adesso, rinchiuso per tutta la vita, non avevo molto altro da fare. E` vero che alcuni detenuti fanno esercizi nel cortile, o studiano anche in biblioteca, i più giovani frequentano corsi di formazione, ma tutti hanno qualcosa che io non ho, un ideale per cui lottare ed andare avanti. Con una condanna di pochi mesi o anni è facile pensare che la preparazione gli servirà per altro, e che sarà più facile guadagnarsi da vivere fuori da questo carcere. Ma nel mio caso, con la certezza che non sarò più libero di camminare per strada, che senso ha prepararsi? .

Contenuto

La vita inizia sempre

ogni mattina all'alba

e qualunque siano le tue circostanze

puoi sfruttare il suo calore

Giorno dopo giorno passa

e sembra senza senso

per alcuni la mattina

viene vista come una punizione

Tutto dipende dall'approccio

come alcuni chiamano

il senso della vita

come vuoi vivere questo.

Nessuno avrebbe potuto dirmelo, e se lo avessero fatto non gli avrei creduto, che sarei diventato uno scrittore, con quello che mi costava leggere da piccolo.

Nonostante ciò, le circostanze mi avevano costretto a questa professione. poiché, con tutto il tempo che avevo adesso, rinchiuso per tutta la vita, non avevo molto altro da fare.

E` vero che alcuni detenuti fanno esercizi nel cortile, o studiano anche in biblioteca, i più giovani frequentano corsi di formazione per imparare una professione, ma tutti hanno qualcosa che io non ho, un ideale per cui lottare ed andare *avanti.*

Con una condanna di pochi mesi o anni è facile pensare che la preparazione gli servirà per altro, e che sarà più facile guadagnarsi da vivere fuori da questo carcere. Ma nel mio caso, con la certezza che non sarò più libero di camminare per strada, che senso ha prepararsi? .

E' stato scritto così tanto su di me, riversando ogni tipo di congetture sulla mia ideologia e le motivazioni politiche che mi hanno portato a questo, discutendo e dando opinioni anche sulla mia salute mentale; cosi ho deciso di dare la mia versione, forse non è la verità che alcuni si aspettavano, molto lontana dalle teorie cospiratorie che piacciono a tanti, ma è la mia verità, è proprio come l'ho vissuta ed è stato ciò che mi ha portato alla triste situazione in cui sono ora, condannato a vita, rinchiuso e lontano da tutto e da tutti, nient'altro che un piccolo abitacolo con pochi effetti personali.

Menomale che in questo Stato non c'è la pena di morte, quindi sono scampato da morte certa, visto che sarei stato condannato ad una morte dolorosa, magari per iniezione letale, ma a volte vorrei addirittura che finisse anziché continuare a vivere in prigione per tutta la vita.

La giuria popolare mi ha condannato all'ergastolo, come se questo potesse rimediare in qualche modo a quello che ho fatto, forse sperano che col tempo rifletta e rimpianga le mie azioni, ma queste non sono state commesse in un momento di sfogo, nè portate avanti da nessun tipo di ideologia o fanatismo.

Sebbene non abbia mai dubitato della mia salute mentale, dopo mesi passati a condurre la stessa vita, qui rinchiuso, e sapendo che il resto della mia vita sarà esattamente lo stesso, con lo stesso programma giorno dopo giorno, non sono più così sicuro della mia forza mentale, in quanto ciò avrebbe un impatto sulla salute di chiunque.

Inoltre, i miei vicini, se così si possono chiamare, non sono quello che viene chiamato un esempio di civiltà, quindi non posso instaurare nessun tipo di amicizia con questi detenuti, serial killer, stupratori o terroristi. Sono il peggio del peggio, condannati all'ergastolo in questo carcere di massima sicurezza dove non c'è alcuna privacy.

Se solo mi avessero mandato in un carcere normale, almeno lì avrei potuto avere un po di vita e privacy.

Qui tutto viene visto, le guardie non smettono mai di controllarci, sembrano decisi a sapere tutto di noi, come se non fossero bastati gli innumerevoli interrogatori a cui mi avevano sottoposto a suo tempo per dirgli tutto quello che sapevo.

Ora, con il tempo, ho alcuni dubbi su alcune date o eventi accaduti, per questo ho deciso di raccontare la mia storia dall'inizio.

Non che voglia giustificarmi o qualcosa del genere, so che quello che ho fatto è, quanto meno, imperdonabile, e sono sicuro che la mia condanna è giusta, solo ciò che mi è insopportabile è la routine di ogni giorno.

Non so come fanno gli altri, si è sentito parlare molto di chi cerca di scappare, o di chi finisce per rifugiarsi in una religione, ma nel mio caso non ho alcuna speranza di salvezza per la mia anima.

Quando si investe qualcuno mentre si è in stato di ebbrezza, o si ha un incidente quando si ribalta il veicolo con una ventina di passeggeri sopra, provocando la morte di alcuni di essi, si può arrivare a pentirsi e chiedere perdono alle vittime, si può persino giustificare sè stessi dicendo che non era stato intenzionale e che, se le circostanze fossero state diverse, niente di tutto ciò sarebbe successo, ma non è il mio caso, non lo è mai stato.

Non che mi consideri o mi paragoni a uno di quegli psicopatici, serial killer o terroristi, capaci di uccidere a sangue freddo, senza provare alcun tipo di rimorso, o a coloro che sembrano divertirsi a fare del male agli altri.

Sono soltanto un uomo normale che ha preso una decisione, non so come definirla, forse la parola giusta è "drastica", ma sono sicuro che al mio posto chiunque altro avrebbe fatto lo stesso. Forse alcuni mi vedono come una sorta di giustiziere, come mi hanno descritto in alcuni giornali, o forse come un illuminato, come mi hanno descritto in altri, ma non mi sento nè l'uno, nè l'altro.

Se me lo chiedessero, direi che sono un uomo normale che ha fatto ciò che la mia coscienza mi ha dettato, è vero che non era la cosa migliore, nè la più appropriata, ma era l'unica cosa che potevo fare.

Ora con il tempo penso che avrei potuto avere altre opportunità, altri metodi e modi fare, che non avrebbero portato a questa conclusione, ma in quei momenti, forse a causa della pressione, guidato dalle circostanze, non ho visto nessn altra alternativa.

Molti media mi hanno giudicato e condannato ancor prima di conoscere la mia versione dei fatti, così durante il processo, in varie occasioni il giudice ha dovuto mettere a tacere chi voleva recriminare le mie azioni con insulti e persino minacce.

A dire il vero, questa prigione potrebbe non essere cosi male dopotutto, poiché mi protegge da una massa così agitata che vuole farsi giustizia da sè, cercando di porre fine alla mia vita, per un atto di pochi secondi..

Non cerco di giustificare quello che ho fatto, e nemmeno le conseguenze delle mie azioni, anche se a volte dubito che la mia condanna sia giusta, dato che ci sono persone peggiori che passano solo pochi mesi in carcere, poi vengono rilasciati, come se si fossero già riscattati dai loro peccati.

La certezza che quelli sono peggio di me viene dal fatto che in poco tempo tornano in prigione per un nuovo crimine.

D'altronde ho commesso un solo crimine nella mia vita, se così si può chiamare, un fatto che ha cambiato tutti i miei progetti per il futuro.

Anche se mi chiamano lupo solitario, una volta avevo una casa, una famiglia e degli amici, mentre ora non ho più niente.

L'unico ricordo del mio passato sono quei ritagli di giornale che mi definiscono un assassino freddo e calcolatore, uno dei peggiori della storia, comparato agli anarchici, che hanno cercato di cambiare la storia di un paese con pistole e bombe.

E, ovviamente, il mio numero, quello che porto sui vestiti, è quello con cui mi chiamano le guardie, come se non avessi un nome.

Per tutta la vita sono stato chiamato con il nome che mi diedero i miei genitori, ma da quando sono qui, non mi hanno mai più chiamato così.

Soltanto il mio avvocato mi ha chiamato per nome, beh dico il mio avvocato per non dire i miei avvocati, dato che ne ho avuti molti che non sono durati.

Avvocati d'ufficio, costretti dall'ordine degli avvocati a prestare assistena legale anche alle peggiori prsone, che, nel mio caso, proprio per quello che avevo fatto, nessuno voleva rappresentarmi e hanno trovato scuse per abbandonare il caso.

Nessuno voleva vedere la propria carriera professionale

macchiata dal mio caso sul proprio curriculum, cosa che all'inizio mi ha molto infastidito, ma che col tempo ho imparato ad accettare.

Invece, e con mia sorpresa ci sono stati altri casi, altrettanto ignobili quanto il mio, che per la notorietà che hanno suscitato sull'opinione pubblica, si sono addirittura battuti per difenderla, siano essi serial killer o stupratori, tutto per un bel titolo.

Nel mio caso, non che il mio crimine sia uno dei peggiori, o forse lo è, ma quello che mi mancava era ciò che si chiama "buona pubblicità", al conrario i media si erano accaniti su di me, avevano esaminato le mie intenzioni, la mia vita, le mie relazioni e persino la mia storia, e avevano presentato tutto ciò in maniera contorta, in modo da sembrare che fossi nato per compiere quell'atto.

Anche quano avevo rilasciato qualche intervista per spiegare le mie ragioni, avevano pronunciato soltanto quelle frasi o parole che sostenevano la mia colpa, non permettendo al grande pubblico di ascoltare la mia versione.

Quindi ho deciso di scrivere le mie memorie, per così dire, cioè la mia versione dei fatti, che mi hanno portato ad essere il centro mediatico del paese, nonchè l'uomo più odiato del momento, se cosi si può dire in qualche modo.

Nei miei anni di prigione ho visto molti tipi di prigionieri, ma non credo che ci fosse nessuno come me che avesse la coscienza pulita, sapendo che quello che ho fatto era giusto e necessario, nonostante il sacrificio che implicava.

Ricordo giorno dopo giorno quel momento in cui la mia vita e quella di tanti altri sono cambiate. Per un atto qualificato come uno dei più orribili che si sia potuto commettere.

Sebbene di tanto in tanto venga qui un cappellano con la speranza che io mi penta, io gli dico sempre che ho la coscienza pulita e che sebbene i mezzi possano non essere stati appropriati, lo scopo lo giustificava.

In verità nessuno sa come ci si sente quando tutti ti guardano male, e non intendo quello che può provare un senzatetto che vive per strada e che difficilmente riceve qualche attenzione dagli altri, ma agli sguardi e ai sentimenti di disprezzo che non avevo mai provato prima d'ora.

Da quando la polizia mi ha arrestato, sono passato dall'essere una persona all'essere, non so come dirlo, ma quegli sguardi, quei gesti e anche il trattamento che ho ricevuto erano tutt'altro che cordiali.

Credo che nemmeno gli animali debbano essere trattati in questo modo, come se toccarmi comportasse una sorta di contagio per la polizia che mi aveva in custodia., evitavano di guardarmi, e se lo facevano era con sguardi di disprezzo.

E' vero che il mio atto può essere ritenuto spregevole, ma non io, io sono ancora una persona, che ha commesso un atto sbagliato, ma pur sempre una persona.

Ma quello che più mi fa male è la questione della famiglia, è vero che non avevo un rapporto stretto con la mia famiglia, ma sono passati anni e non ho ricevuto una sola visita, nemmeno un biglietto o una lettera, e questo mi ha ferito molto.

Ricevo ancora qualche invito a qualche programma televisivo, per raccontare quello che è successo da un punto di vista della drammatizzazione dei miei atti, cioè, come mezzo per vendere libri o produrre documentari usando il mio nome e le mie azioni, usando attori che mettono in risalto una parte di me che in realtà non ho mai avuto.

L'invidia, le idee persecutorie o addirittura la follia sono le caratteristiche che di solito questi attori esibiscono cercando di spiegare attraverso di questi gli eventi che alcuni sostenevano avrebbero potuto cambiare il corso della storia.

Ed è proprio qui che sono d'accordo con i giornalisti, la mia intenzione ultima era proprio quella, nè più nè meno, di cambiare la storia, o meglio, la storia che verrà e di cui nessuno vuole sentir parlare.

Preferiscono ascoltare i criminali che affermano di sentire voci che gli suggeriscono di commettere atti spregevoli, e quelli che sembrano predisposti al crimine sin dalla giovane età, perchè hanno subito qualche trauma, ma la mia versione è quanto meno poco credibile, e per questo preferiscono ignorarla.

A volte mi hanno paragonato ad un fanatico religioso, a causa delle mie convinzioni e giustificazioni delle mie azioni, anche se ho sempre detto che non si tratta di una religione, o di seguire qualche precetto scritto, ma di una questione morale di base.

Ma quando ho cercato di spiegare come chiunque altro nella mia situazione avrebbe scelto di fare la stessa cosa, i giornalisti si sono addirittura alzati e hanno interrotto l'intervista, come se li avessi offesi con le mie parole.

Quindi, se hai un problema mentale, o se hai subito un trauma da piccolo, la società arriva a giustificare e persino a "capire" qualsiasi atrocità, ma se è una questione morale, nemmeno ti ascolta.

Avrei voluto che fosse stato realizzato una sorta di programma radiofonico o televisivo riguardo alla questione, basato sui miei precetti, per cercare di capire o almeno discutere se le mie azioni erano giustificate o meno, ma era stato considerato un fatto così grave che nessuno se lo sarebbe mai chiesto.

L'unica cosa che avevo ricevuto erano insulti, minacce e disprezzo da parte di tutti. Tanto che quando cercavo i membri della giuria che avrebbero dovuto giudicarmi, la cosa si era complicata poichè la maggior parte della popolazione era incline a condannarmi ancor prima che iniziasse il processo.

E per quanto riguarda la difesa, quella era un'altra cosa, nessuno voleva difendermi, anche se la costituzione mi garantiva un avvocato, ma non c'era nessuno che volesse vedere macchiato il proprio nome da questo caso, nemmeno quelli a cui piaceva fare causa contro gli interessi del governo, o che, a quanto si diceva, volevano cambiare le cose.

Doveva essere uno straniero, uno di quelli che ha studiato nel proprio paese di origine, e che a suo tempo chiese la convalida del suo titolo, per cui dovette riprendere le pratiche supervisionate, ripetendo il tirocinio, che accettò di difendermi, se così si può dire, dato che era anche sicuro della mia colpevolezza.

A dire il vero, a volte anch'io lo ero, almeno sapevo cosa avevo fatto, come e perché, e sebbene non fossi preparato per l'ergastolo, sapevo che le mie azioni erano socialmente riprovevoli e che quindi dovevo pagare per questo.

Sebbene non mi sia mai considerato una persona religiosa, credo di avere valori morali solidi, adeguati alla società in cui ho vissuto, essendo riaspettoso delle norme e delle regole di convivenza.

Quindi, nonostante quanto abbiano indagato sul mio passato, non hanno trovato quei sintomi che sono tipici dei criminali, come piccoli furti, crimini minori o trasgressioni morali durante l'infanzia, che aumentano poi gradualmente di frequenza e intensità durante l'adolescenza, fino a raggiungere la massima espressione nell'età adulta.

Nel mio caso non hanno scoperto nulla di simile, per questo hanno sempre pensato che avessi un complice, cioè che ci fosse una testa pensante, e che io fossi solo il braccio esecutore.

Hanno anche sostenuto che mi fosse stato fatto il lavaggio del cervello o qualcosa di simile, ma i test antidroga e psicologici che ho fatto, hanno dato tutti risultato negativo, non avevo subito alcun tipo di influenza esterna che avrebbe sottomesso la mia volontà o qualcosa del genere.

So che non mi capivano del tutto, e che probabilmente in altre circostanze non avrei fatto lo stesso, ma quello che ho fatto è stato cosciente e meditato.

Pur riconoscendo la mia colpa, mi resta difficile svegliarmi ogni giorno sapendo che sarà esattamente come ieri e l'altro ieri, e che poi si ripeterà domani e dopodomani, per il resto della mia vita.

Alcuni prigionieri, i più fortunati, sono ansiosi che passino i giorni per poter ricevere una visita da qualche familiare o persona cara, ma a me nessuno fa visita da molto tempo.

Da quando è stata emessa la condanna, nemmeno il mio avvocato difensore è venuto a vedere come sto.

Solo quando c'è da svolgere una revisione del caso, e poiché è obbligatoria per legge, si presenta un avvocato penitenziario per informarmi che una commissione deve decidere se mantenere o meno le condizioni della mia pena, una procedura che deve essere eseguita poichè il mio crimine è imperdonabile e che non dimenticheranno per molti anni a venire.

Forse non mi è andata cosi male alla fine, poichè se fossi stato processato e condannato al settore militare, dicono che sono le peggiori strutture, perchè quelli che vanno lì hanno una formazione specifica nell'arte della guerra, il che li rende pericolosi per la loro stessa gente, ma nonosante alcuni giornalisti avessero tentato di farmi condannare all'ambito militare, il giudice non lo ha ritenuto necessario.

Meno male, non riesco nemmeno a immaginarmi di seguire un programma militare per il resto della mia vita, in compagnia di carcerati che sono vere macchine per uccidere, e che qualsiasi sguardo cattivo può essere considerato come un attacco.

Non che io sia uno di quelli che è in cerca di rìssa, o qualcosa del genere, ma in un centro così piccolo sono frequenti attriti e incomprensioni.

In più di un'occasione è bastato una semplice battuta uscendo nel patio, per iniziare una rissa, che nello stesso giorno o più tardi si è trasformata in un'aggressione e addirittura nell'uccisione di uno dei coinvolti.

Una situazione che mi ha portato a pensare che sto meglio da solo che con uno di quei piccoli gruppi di detenuti, dove un leader comanda una parte del cortile e chi passa da quella zona deve obbedire ai suoi ordini e anche ai suoi capricci.

Almeno così vive la maggioranza dei detenuti, quelli che hanno commesso reati minori, o che ben poco gli importa di uscir di prigione.

Nel mio caso, rinchiuso a vita in un carcere di massima sicurezza, non ci sono quasi tumulti, poiché le guardie cercano di garantire che non ci siano più di due o tre persone contemporaneamente nel cortile, evitando cosi scontri o, quel che è peggio, che organizzino qualche piano, dato che questi prigionieri sono davvero pericolosi.

All'inizio non sapevo nulla di quel mondo, e mi sentivo al sicuro rispettando le regole stabilite e approfittando del tempo libero per fare qualche attività o stare in biblioteca.

Ma in un'occasione ho potuto assistere all'esecuzione di uno dei prigionieri, apparentemente senza motivo, e da quel giorno ho preferito la mia cella per trascorrere il tempo libero.

Questo mi ha portato a diventare un grande lettore, dato che non avevo molto altro da fare tra quelle tre mura, visto che il cancello sulla porta non conta.

E col tempo ho pensato e deciso di iniziare a scrivere, qualcosa che mi ha portato a realizzare questo libro.

Capitolo 2. Niente ha senso

Sono passati molti anni da quando sono riuscito a potenziare le mie capacità, quelle che mi avevano portato tanti problemi, e con la pratica e l'allenamento ero riuscito ad addestrare.

All'inizio ho avuto come dei flash, che mi hanno persino fatto perdere conoscenza, è stato veramente imbarazzante e talvolta sono anche caduto, con le conseguenze che quando mi sono svegliato avevo dolore e talvolta anche lividi.

Sono passati molti anni da quando sono riuscito a potenziare le mie capacità, quelle che mi avevano portato tanti problemi, e con la pratica e l'allenamento ero riuscito ad addestrare.

All'inizio ho avuto come dei flash, che mi hanno persino fatto perdere conoscenza, è stato veramente imbarazzante e talvolta sono anche caduto, con le conseguenze che quando mi sono svegliato avevo dolore e talvolta anche lividi.

Inizialmente lo avevo attribuito all'impressione di partecipare ad un caso, a causa della quantità di sangue che avevo visto nelle immagini della vittima, o di quello che era stato trovato sul coltello, ma è successo qualcosa che non mi aspettavo.

Il giorno dopo mi sono recato presto alla stazione di polizia, e lì ho chiesto di parlare con quel poliziotto per raccontargli il mio incubo, il quale all'inizio aveva riso di me, dicendo che lo stavo imbrogliando, e lo stava cercando di dimostrare con quel caso, nel quale speravo fallisse.

"Buongiorno, sono venuto qui per raccontare un fatto", dissi entrando nella stazione di polizia.

"Non mi dica che ha risolto il caso!" disse con tono scherzoso mntre si alzava dalla scrivania e con un cenno di mano mi invatava ad entrare nella stanza degli interrogatori.

Ebbene, avevo passato gli ultimi tre giorni in quella stanza dove mi avevano mostrato tutti i tipi di immagini, prove e congetture riguardo agli eventi, la vittima, i sospetti...un'infinità di dati e dettagli che pensavo...non so...mi travolgesse.

Il tutto con l'intenzione di darmi maggiori possibilità in modo da non avere "scuse" in caso di fallimento, o almeno così mi aveva detto più volte il capo della polizia

"Beh, non so se può significare qualcosa, ma sono diverse notti che dormo male".

Che novità! Questo succede a tutti noi che siamo impegnati a risolvere crimini." ha commentato entrando nella stanza e chiudendo la porta a vetri dietro di lui.

"Si, beh, immagino" sono riuscito a dire, "ma stasera è stato diverso".

"In cosa?", mi ha chiesto mentre con un gesto invitava a sedermi.

"Io non so come dirglielo, ma è com se tutte le informazioni fossero ordinate nella mia mente e io le avessi viste come un'intera sequenza."

"Congratulazioni, questo è ciò che accade a tutti noi, in ogni caso facciamo la stessa esperienza, in cui i dati sconnessi vengono ordinati,e...eccoli lì, li vediamo".

"L'ha visto anche lei?"ho chiesto, interrompendolo.

"Vedere? Certo, è la sequenza degli eventi."

"No, intendo il killer"

"Il killer?Di cosa sta parlando?"

"Quello che le sto dicendo, stavo, non so come chiamarlo, ricordando...i dati in forma di scena...all'inizio era strano, perchè non riuscivo a vedere chiaramente, era come se fosse notte ed era tutto buio."

"E' normale, stava sognando di notte." "Non c'entra niente, mi riferisco alla scena, era tutto molto buio e mi sentivo, non so, un po stordito, credo di essermi fermato su una piccola panchina perché non potevo proseguire, poi ho vomitato, ma quello non mi ha fatto sentire meglio. All'improvviso, seduto lì nel parco, ho sentito un rumore dietro di me. Non so cosa fosse e nemmeno volevo scoprirlo. Ma ho avuto una strana sensazione e sono stato travolto dal panico.

Forse era quel rumore, o il forte odore che veniva da dietro, ma appena ho potuto sono corso verso l'ingresso del parco, *attraversando molti cespugli, e all'improvviso, non sapendo nè come nè perché, ho sentito qualcosa afferrarmi i capelli e tirarmi fiché non sono caduto sulla schiena.*

Non so se sia stato per la caduta o altro, ma non tiuscivo a sollevare la testa da terra, come se qualcosa me la tenesse ferma, e improvvisamente l'ho visto chiaramente, era il postino, quello che era venuto a casa tante volte per portarmi qualche pacco, quello che faceva il turno delle 10 la mattina, e che era stato sempre così gentile, ma ora aveva un aspetto diverso, il suo volto era sfigurato, i suoi occhi sembravano uscirgli dalle orbite, e non ha fatto altro che dirmi di stare zitto, e quell'odore stava diventando così intenso e nauseabondo, finché..."

"Finché cosa?", chiese il capo della polizia che si stava versando una tazza di caffé.

"Non ci crederà mai"

"Continui, continui, finora non ho creduto a niente, quindi continui."

Quel commento lascivo non mi sorprese affatto, poiché avevo già superato l'incredulità di molti che si prendevano gioco di ciò che mi succedeva, senza cercare di aiutarmi a capirlo.

"Ebbene, io sono immobilizzato in quel momento, e non so come ma mi sono visto sopra al mio corpo, a circa un metro mezzo, e ho potuto contemplare la scena da lontano, senza

sentire alcun dolore, nonostante quella persona si stesse accanendo sul mio corpo.”

“Aspetta, aspetta”disse, mentre il caffè che stava bevendo gli si rovesciava addosso, macchiando anche il tavolo. “Di cosa stai parlando?”

“Una volta finito, ha preso il mio cadavere e lo ha messo in una borsa , non so da dove l'avesse presa, ma era abbastanza grande, e mi ha caricato come un sacco di patate.

Poi mi ha portato all'uscita del parco, dietro l'angolo sud dove aveva un'auto argentata, o meglio grigia, non ne sono sicuro perché era notte e c'era solo la luce del lampione. Mi ha messo nel bagagliaio e ha guidato abbastanza lentamente per la città, e appena si è allontanato ha iniziato ad accelerare, ed è andato a quella velocità per circa tre ore, fino a raggiungere alcune banchine.

Una volta lì ha preso una deviazione che diceva “Pericolo alligatori”, e ha continuato a guidare per mezz'ora, o almeno credo. Tutto questo vicino alle paludi.”

Una volta in mezzo al nulla, poiché non si vedevano costruzioni vicine, ha fermato la macchina, ha tirato fuori il mio corpo, e mi ha lasciato li con la borsa e tutto il resto.

Sono rimasto li per, per...non so, qualche giorno, poi sono andato via da quel luogo, sono risalito.

“Di cosa sta parlando?”

“Di quello che ho visto, gliel'ho già detto, di quello che ho sognato."

"Ma si è sentito?"

"Certo, perché?

"Ha solo accusato qualcuno con un nome e cognome, mi ha detto dove è avvenuto il crimine e come si è sbarazzato del corpo."

"Sì".

"E senza una prova?"

"Beh, questo non è compito mio".

Il commissario, senza dire una parola e con il caffè ancora rovesciato sul tavolo, è uscito dalla sala urlando.

.

Io sono rimasto lì, immobile, senza sapere cosa fare, credendo di aver fatto la cosa giusta raccontandogli quello che avevo visto, ma non capivo la sua reazione.

Dalla sedia l'ho visto iniziare a dar ordini a destra e a sinistra, mentre i poliziotti si muovevano da una parte all'altra del dipartimento, alcuni sono letteralmente corsi fuori, altri erano al telefono, e in tutto ciò io continuavo a restare lì immobile. Non riuscivo a capire cosa fosse successo, e se dovevo andarmene o aspettare li per continuare il colloquio. Feci per alzarmi e andarmene, ma il commissario mi vide e ritornando sulla porta mi disse con voce autoritaria:"Non si muova da lì"

Così feci, e beh, passarono molte ore guardandomi intorno

mentre la polizia andava e veniva, in un clima di agitazione, con le grida del capo, finché ad un certo punto ho visto due dei poliziotti che erano corsi fuori, rientrare con un terzo uomo.

"E' lui, è lui" ho urlato, non so perché.

"Portatelo fuori di qui" ha detto il commissario a uno dei suoi subordinati, indicandomi.

Così in un istante mi sono ritrovato espulso dalla stazione di polizia, se così si può dire, e senza smettere di sorvegliarmi, sono stato condotto gentilmente alla caffetteria dall'altra parte della strada, dove mi hanno fatto sedere e aspettare.

Nonostante l'avessi chiesto più volte, il poliziotto non ha voluto dirmi cosa ci facevo lì, ne per quanto tempo ci sarei rimasto, ma solo che dovevo stare seduto e in silenzio.

Non so nemmeno per quanto tempo sono rimasto lì, ma ne ho approfittato per pranzare, dato che ero uscito presto per andare al commissariato per raccontare del sogno al capo della polizia, e non avevo mangiato nulla, così ho pranzato e ho aspettato.

E' stato tutto così strano, ma tanto non avevo nient'altro di meglio da fare che aspettare, non so cosa, ma l'aveva ordinato il capo della polizia, ed è per questo che avevo una scorta, se così posso chiamarla. Gli ho chiesto per ben due volte se potevo andarmene da li ma non mi hanno lasciato andare da nessuna parte.

Stranamente persino il poliziotto che mi faceva da guardia si è offerto di pagarmi il pranzo, il che era strano. Ma ho capito che quello era un buon segno, poiché se fossi stato un comune prigioniero, se così si può dire, non mi avrebbe fatto mai quell'offerta.

Nonostante tutto l'ho ringraziato, ma ho capito che dovevo pagarmelo da solo, e così ho fatto.

Sono passate ore, e nonostante le mie continue domande al poliziotto, questo non sembrava preoccuparsi del tempo, stava semplicemente lì davanti a me, seduto e in silenzio.

Personalmente ritengo che avrebbe avuto cose più interessanti da fare, ma così gli era stato ordinato di fare e così aveva fatto.

Ad un certo punto è suonato il walkie-talkie che aveva in tasca, cosa che avevo a malapena notato, e l'ordine fu chiaro:

"Riportalo qui!".

"Andiamo"disse, alzandosi e non dandomi nemmeno il tempo di finire il mio caffè.

Dopo tre tazze avrebbe potuto aspettare ancora un po, ma aveva ricevuto degli ordini precisi, e doveva eseguirli in fretta. Così siamo tornati alla stazione di polizia, e mi hanno riportato nella stanza di vetri adibita per gli interrogatori.

"Allora, mi dica", ha commentato il capo della polizia entrando nella stanza dove ero rimasto in un angolo dove mi aveva accompagnato la guardia, se così si può definire, e non mi aveva tolto gli occhi di dosso.

"Come fa a saperlo?"

"A sapere cosa?" ho chiesto senza sapere cosa intendesse.

"Non faccia il tonto, come lo ha saputo?" ha chiesto di nuovo.

"Se non mi specifica cosa, io non credo di poterle rispondere."

"Abbiamo trovato il corpo" ha detto, mentre metteva delle foto sul tavolo.

"Ah, è lei". Ho detto mentre le osservavo.

Era la prima volta che vedevo quelle tipo di foto, sì, è vero che in televisione le mostrano sempre, sia al telegiornale che nelle serie poliziesche, ma è diverso quando le hai proprio davanti.

In quel momento mi è venuto come un nodo allo stomaco, mi sono sentito male...e non ho potuto fare a meno di vomitare.

"Tranquillo, tranquillo, capita a tutti la prima volta" ha detto il commissario mentre mi dava una scatola di fazzoletti.

"Mi scusi, è stata l'impressione".

"Sì, ricordo ancora la mia prima volta, purtroppo per me non si trattava di foto, ma di uno scherzo, se così si può chiamare, da parte dei miei compagni di classe. Hanno pensato che sarebbe stato divertente andare al cimitero di notte per dimostrare quanto eravamo coraggiosi, e...ad un certo punto mi hanno buttato in una buca, poco profonda, ma dove c'era una bara scoperta. Di sicuro avevano preparato tutto per l'occasione, ma l'impressione di vedere un corpo da così vicino, nel cimitero, in piena notte, e illuminato solo dalle torce che avevamo con noi, vi assicuro che è proprio una bella esperienza."

"Immagino" sono riuscito a dire mentre mi asciugavo il viso e le mani e buttavo la carta sul pavimento per coprire dove avevo macchiato.

"Non si preoccupi, tra poco lo puliranno, e mi dica, come fa a saperlo?"

"Cosa?"ho chiesto nuovamente , capendo solo ora che si trattava del caso di cui ore fa aveva raccontato col mio sogno.

"Come fa a sapere dove l'ha gettata?"

"Non lo so, le ho solo raccontato quello che ho visto."

"Ci sono volute diverse ore per noi e l'aiuto di vari esperti per restringere il campo, in base alla velocità, al modello e al peso del veicolo."

"Cosa?"ho chiesto, stupito.

"Certo, come pensa che facciamo le cose?Qui non lasciamo nulla al caso. Individuare il sospettato è stato facile, ci ha dato il suo nome e la sua professione, praticamente ci ha condotti a lui. Poi abbiamo perquisito casa sua ma non abbiamo trovato nulla, mentre cercavamo la sua macchina, guarda caso lui l'aveva in officina, per non so quale problema agli ammortizzatori."

"Siamo andati in officina con un'apposita ordinanza del tribunale, e lì ci siamo accorti che il veicolo non era lì per quello che ci aveva detto, ma aveva richiesto la rettifica del contachilometri."

"Non so cosa si aspettasse con questo, ma ci ha facilitato il nostro lavoro, poiché l'officina aveva registrato il numero di chilometri prima di eseguire la manipolazione richiesta."

"Abbiamo guardato attentamente nel baule, ma non c'era la minima traccia, nemmeno un capello, ma dovevamo provarci."

"Quindi ci siamo concentrati sul luogo che ci ha indicato lei, per la velocità, la direzione, e la distanza, e abbiamo setacciato l'area nelle ultime ore, finché non abbiamo trovato il corpo."

"Wow, siete proprio bravi."ho commentato con stupore.

"Facciamo solo il nostro lavoro, ma ora abbiamo un problema".

"Un problema?"ho chiesto sorpreso poiché mi avevano detto che avevano già catturato il colpevole e che avevano recuperato il corpo.

"Si, dobbiamo dimostrare che è stato lui e non qualcun altro a gettarlo nel lago"

"E il DNA, di cui si sente parlare tante volte in televisione?"

"Niente DNA, o perlomeno non ne abbiamo trovato. A casa sua non ce n'è traccia, e nemmeno nel veicolo, e le uniche cose che abbiamo sono il corpo e il coltello, che già sapevo quando le ho mostrato le prove del caso, ma non ci sono né impronte *né DNA dell'aggressore."*

"E cosa vuole che faccia io?"chiesi perplesso.

"Abbiamo bisogno di qualcosa, qualsiasi cosa che ci aiuti ad incastrarlo, altrimenti, in meno di 24 ore dovremo rilasciarlo, nonostante abbiamo ritrovato il corpo."

"Allora lei mi crede? Crede che sia stato lui?"

"Si, le credo. Non so come abbia fatto, ma le credo. La sua testimonianza non regge. Ci ha mentito da quando l'abbiamo arrestato, e nessuno è in grado di confermare il suo alibi, non ha un alibi, ma non possiamo nemmeno collocarlo li."

"Forse si" dissi dopo aver ricordato brevemente il sogno.

"Come?"

"Ricorda che le ho raccontato che aveva portato il corpo attraverso il cancello di un parco?"

"Già, quindi?"

"Beh, la macchina era parcheggiata lì, qualcuno deve averla vista, e così può collocarlo nelle vicinanze."

Il poliziotto, senza dire nulla, è uscito dalla stanza e ha cominciato a gridare, proprio come aveva fatto poche ore prima.

Dopo un'ora o giù di lì è tornato e ha detto con un gran sorriso:

"Ce l'abbiamo"

"Qualcuno ha visto il veicolo parcheggiato?"

"Meglio, c'è una gioielleria nelle vicinanze, e hanno una

telecamera che riprende dalla vetrina, e la sa una cosa? Lo si può vedere rimuovere il corpo, o meglio la borsa, e depositarla nella sua auto."

"Wow, che fortuna è stata quella videocamera".

"Si, e questo è sufficiente per incastrarlo, poiché ci sono prove per incriminarlo per il delitto."

Questo è stato il mio primo contributo per la risoluzione di un caso, il primo di tanti di cui non ricordo più il numero.

Quello che non ho avuto l'opportunità di spiegare in questa occasione o in quelle successive in cui ho fatto quel tipo di sogno è quello che ho visto dopo. No so perché quella parte non interessasse, è come se la polizia volesse solo sapere cosa fosse successo al corpo, o dove fosse la persona rapita, ma niente del resto che ho visto.

Ma per me quella è stata la cosa più gratificante, se così si può dire, sapere che qualunque siano le circostanze dell'ultimo momento di vita, si continua a vivere, o almeno è quello che avevo sperimentato.

Una vita fuori dal corpo, ma non come quando sogniamo e pensiamo di volare, bensì qualcosa che alcuni chiamano scissione o fuoriuscita di una parte di noi.

Questa era un'altra cosa, è come se la persona fosse davvero viva, perché pensava e sentiva, vedeva e ascoltava, ma senza un corpo.

Non so perché, ma quello che ho capito essere la cosa più

importante, nessuno mi ha prestato attenzione quando ho provato a raccontarla, sostenendo che la mia missione, se così si può chiamarla, o la mia collaborazione terminava nel momento in cui avevo dato risposta alla loro richiesta, e cioè di scoprire chi era stato, o dove si trovava la persona rapita o il corpo della vittima.

A dir la verità, dopo un po di tempo passato a collaborare con diverse autorità, non c'era più molto che mi sorprendesse, cambiavano solo nomi e cognomi delle persone coinvolte, e forse anche i metodi, ma la motivazione, per così dire, non cambiava.

Da lì ho imparato che non siamo poi così diversi dagli animali, nonostante quello che possiamo pensare, e che i nostri istinti regolano la maggior parte del nostro comportamento, soprattutto ciò che viene considerato deviante.

E soprattutto quel male invisibile di cui nessuno parla o di cui nessuno vuole parlare,la salute mentale e le sue malattie.

Non conosco i dati, né le percentuali, ma la maggior parte, se non tutti, di quelli che sono stati coinvolti in questi atti, non saprei come definirli, ma non stanno molto bene.

Non so cosa fosse avvenuto per prima, se quegli atti contro natura o il problema della salute mentale, ma quello che mi era chiaro è che non erano tanto normali, e questo era evidente dal fatto che, ad esempio, quando venivano catturati e cercavano di...non so come dirlo, giustificare le proprie azioni con scuse senza alcun senso. Come giustificheresti un rapimento o un omicidio?

Personalmente ritengo che atti come questo non abbiano giustificazioni, per quanto l'altra persona abbia fatto qualcosa o cercato di fare qualcosa prima.

Suppongo che non tutti vedano le norme della società allo stesso modo, ma esistono proprio per proteggerci gli uni dagli altri, per evitare problemi di convivenza, ed è qualcosa che tutti impariamo fin dall'infanzia.

Sarebbe inutile acquistare un veicolo se quando qualcuno vuole viene a prenderselo perché gli piace, o ad esempio, chi andrebbe a lavorare se poi il datore di lavoro può decidere di non pagare perché quel giorno ha deciso così?

Le leggi e i regolamenti servono a qualcosa e la polizia per farle rispettare.

A dire il vero, in più di un occasione ho avuto problemi con la polizia, non perché abbia fatto qualcosa di sbagliato, ma perché sapevo troppo e chiaramente, hanno pensato che potessi essere l'artefice, il complice o almeno la testa pensante di quell'atto di cui era stata avvisata la polizia, affinché, per quanto possibile, facessero il loro dovere per impedirlo, perché sì, potrei dire di aver avuto due tipi di esperienze, beh, erano le stesse e con lo stesso contenuto, solo che una accadde prima di quell' atto e l'altra dopo.

Nella prima è stato difficile farmi ascoltare dalla polizia, non perché non volessero proteggere i cittadini, ma perché dicevano che fin quando l'atto non era stato compiuto , non rappresentava un crimine, quindi non era loro responsabilità.

Per me questi erano solo cavilli legali che non facevano altro che mettere in pericolo una persona, la cui sofferenza avrebbe potuto essere evitata.

Ma dopo aver insistito tanto e, quanto avevo predetto era accaduto in più occasioni, il commissario ha organizzato una piccola trappola, beh se cosi si può chiamare, ma era una soluzione intermedia tra il darmi ascolto e il non far nulla.

Legalmente, fino a quando il crimine non è stato commesso non possono intervenire, ma quello che hanno fatto è stato aprire una specie di file con tutte le informazioni che fornivo, l'hanno studiato a fondo per conoscere le persone coinvolte e i luoghi degli eventi, e, una volta controllato tutto hanno attuato poi una sorta di sorveglianza preventiva sia della vittima che dell'aggressore, o meglio la futura vittima e il futuro aggressore, e ovviamente ha funzionato, in più di un'occasione hanno arrestato il... futuro criminale quando stava per commettere il crimine, o anche nel momento stesso in cui l'ha commesso, quando ad esempio si trattava di un rapimento.

Bene, poi toccava al capo della polizia giustificare in tribunale quello che stavano facendo in quella zona proprio nel momento in cui c'era bisogno di loro. E in quella situazione se l'è sempre cavata sostenendo di aver ricevuto una chiamata anonima che li avvisava.

In realtà non c'era stata nessuna telefonata, tanto meno anonima, ma capisco che questo serviva ad evitare di dover dare maggiori spiegazioni a riguardo.

Ebbene, ho detto di aver avuto due tipi di esperienze con la polizia, prima e dopo.

La differenza tra le due è che la prima è venuta a me senza cercarla, per così dire, cioè non so esattamente come funzioni, ma è come se la vittima avesse gridato e io fossi riuscito a sentirla, ma questo prima che succedesse davvero.

Nonostante mi sia rivolto a molti "specialisti", ognuno mi ha dato una versione differente, sostenendo che in qualche modo avevo una connessione con quelle persone o che il grido mi era arrivato da una parte inconscia connessa con non so quale piano...beh, comunque sia, sembra che questa persona mi stesse cercando per aiutarla dal futuro e con il mio intervento sono riuscito ad evitare quella sofferenza.

L'altro tipo è quando la polizia mi contattava chiedendomi di partecipare ad una determinata indagine.

Così mi mostravano tutte le prove che avevano, mi raccontavano di tutte le congetture e le linee di indagine che avevano seguito e io, senza sapere come, quella stessa notte o nelle notti successive, sognavo il caso.

All'inizio pensavo fossi stato suggestionato da tutti quei dati, ma non so perché ha funzionato, cioè quello che stavo vivendo allora era correlato al caso, quindi potevo andare il giorno dopo a fornire nuove informazioni che erano così preziose che riuscivano a chiuderlo catturando il colpevole.

A dire il vero non facevo altro che sognare, a volte ad occhi aperti altre volte a letto.

Anche se personalmente preferivo la seconda, poiché la prima ha comportato in alcune occasioni ad espormi a cadute e infortuni.

Ovviamente, da quando mi è stata diagnosticata l'epilessia non ho più guidato, perché non so cosa potrebbe succedere se mi mettessi al volante e avessi una di quelle crisi di assenza, come la chiamano, o peggio, un attacco.

Per evitare di danneggiare qualcuno, ho dovuto rassegnarmi a utilizzare i mezzi pubblici per i miei spostamenti, una situazione che non poteva arrecarmi peggior disagio di quello di partire circa mezz'ora prima per poter prendere l'autobus in orario.

Ma c'è da dire che la polizia è stata sempre, non so, sospettosa riguardo alle mie capacità, se cosi si può dire, in effetti, in più di un'occasione ho dovuto dare dimostrazioni quando è arrivata una visita da un'altra stazione di polizia che chiedevano la cooperazione nelle indagini per risolvere un caso che non erano riusciti a chiudere.

Comunque sia, ho sempre cercato di collaborare in tutto ciò che mi è stato richiesto, poiché ritengo che ciò che possiedo non è qualcosa per me, ma se può portare beneficio agli altri ben venga.

Lo so perché all'inizio me ne accusavano quelli che si dedicano a vivere il dolore degli altri, dicendo che erano capaci di connettersi con le vittime per ricevere questo o quel messaggio per i loro parenti, e quasi sempre erano parole di consolazione, dicendo che erano in pace e che la sofferenza era finita.

Capisco che fossero parole di grande valore per i membri delle famiglie angosciate, ma erano di scarsa utilità per la polizia quando si trattava di determinare dove fosse il corpo.

Ma non sarò io a giudicare quello che fanno gli altri e perché lo fanno. So solo che ho cercato di esser molto trasparente con le autorità, quello che ho ricevuto ho riferito loro, che gli piacesse o no, naturalmente sempre con l'intenzione di aiutare in qualunque modo possibile, anche se non sempre la vedevano così.

Ricordo una volta quando ho affermato che non c'era nessun crimine, si trattava di un adolescente che aveva chiamato i suoi genitori chiedendo un riscatto e mi hanno chiesto di rintracciarla prima che pagassero, perché a volte dopo il pagamento cerca di cancellare le tracce del suo crimine, e a volte addirittura di uccidere la persona per la quale aveva appena chiesto il riscatto.

Questo era uno di quei sogni richiesti, per cui mi avevano dato quante più informazioni possibili sul caso, numeri di telefono nomi e persino le verifiche che avevano fatto negli immediati dintorni per vedere se qualcuno fosse coinvolto.

Nonostante ciò, non riuscivo a captare nulla, ed era la prima volta che mi capitava, e così passò una settimana, e ogni giorno mi recavo alla stazione per informarli della mia mancata connessione, e mi chiedevano se c'era qualcosa di nuovo o no, dopodiché ho passato ore a rivedere quella documentazione alla ricerca di una connessione con la vittima, ma niente, i giorni passavano e io non avevo niente, così un giorno sono andato al commissariato e con tono deciso ho detto al commissario:

"Non c'è nessun rapimento."

"Cosa dice?"

"Si, non ho visto niente, non vedo la vittima, ed è la prima volta che mi succede. Non credo che sia stata rapita.

"Ma di cosa sta parlando? Ha perso la testa?"

"No, sono sicurissimo di quello che sto dicendo. Se il rapimento fosse avvenuto avrei captato qualcosa, una connessione.

"Lei e le sue cose...è sicuro che quello che dice di avere funzioni ancora?"

"Ho riflettuto per un momento, chiedendomi se potesse

esserci qualcosa di sbagliato in me che mi avrebbe impedito di continuare ad usare i miei poteri, ma non ricordavo di aver fatto qualcosa di diverso da quello che facevo di solito, non un cibo strano o altro, e non avevo avuto alcun sintomo ad indicarmi che potevo essere malato, il quale avrebbe giustificato la mancata connessione. Quindi dopo averci pensato ho affermato:

"Non sono io, è la vittima, non comunica, quindi non credo sia un rapimento."

Quel giorno è stato uno dei tanti in cui il capo della polizia mi ha buttato fuori con dichiarazioni sconvenienti, sembrava aver dimenticato tutte le volte che avevo collaborato e che le mie informazioni erano state utili, ma ora sembrava turbato perché non riusciva a risolvere un singolo caso.

Beh, con la coscienza a posto sono andato a casa mia e vi sono rimasto qualche giorno, finché il capo della polizia non ha bussato alla mia porta.

Questo mi ha sorpreso, perché normalmente mi chiamava alla stazione di polizia quando voleva dirmi qualcosa, ma beh, era lì, e non conoscevo il motivo della sua visita.

"Buongiorno capo, vuole entrare?"

"No, è una visita veloce, aveva ragione."

"Riguardo a cosa?" ho chiesto, senza sapere a cosa si riferiva.

"La ragazza, l'adolescente che avevano rapita, quella che

non comunicava con lei, aveva simulato il suo rapimento, beh, non c'è mai stato un rapimento, è fuggita con il suo ragazzo a Las Vegas e quando i soldi sono finiti hanno pensato di far credere che era stata rapita, in modo che i genitori avessero potuto inviare denaro con cui continuare a giocare. E no, non mi dica che me l'aveva già detto."

"Niente affatto, sono contento che il caso sia stato risolto."

"Si, giusto."disse mentre andava via salutandomi con la mano.

Non so quante volte sia stato d'accordo con me e abbia ammesso che le mie capacità erano buone, ma quella è stata la prima, ed è per questo che non lo dimenticherò.

Capitolo 3 . Viaggio a Johannesburg

Non avrei mai immaginato di arrivare in un posto così lontano, "un viso pallido", come avrei potuto considerarmi qui, nel mezzo di una città vibrante, che non ha nulla da invidiare a quelle del nord.

Sebbene mi fosse stato detto che Cape Town, che era la capitale sotto molti aspetti, era la migliore, preferii conoscere il sentimento del popolo, se così si può dire.

Ricordo ancora il giorno in cui ci dissero che dovevamo andare in questo posto. Marta non ne era molto felice e protestò col capo dicendo:

"E cosa avremmo mai perso in un paese così lontano? Che succede, per caso lì non ci sono agenti di polizia che si occupano di queste cose?".

"Marta", disse il capo con tono serio, "Devi andare dove ti viene ordinato. Non lasceremo i nostri casi nelle mani degli altri, se possiamo risolverli da soli."

"Certo! Ma lei mi dirà come faremo a saperlo, che lingua si parla lì?"

"Credo in inglese" puntualizzò Jenaro.

"Perfetto, un'altra volta senza scoprire nulla!" protestò Marta, a cui non piaceva non poter comunicare apertamente come faceva a Siviglia con chiunque.

A dire il vero, le piaceva molto parlare con le persone,

ascoltarle e dare la sua opinione, di solito era sempre molto saggia nei suoi consigli e raccomandazioni. In effetti la cercavano per quello, tanto che una volta il capo si arrabbiò, dicendo che "quella era una stazione di polizia, non una sala di consulenza psicologica o qualcosa del genere".

Da quel giorno Marta si è assicurata che quelle "consultazioni", come lei stessa le chiamava, fossero fatte per telefono di sera, quando aveva terminato la sua giornata lavorativa.

"A Johannesburg?" , chiese di nuovo Marta, "cosa ci è sfuggito?".

"Dobbiamo collaborare alla risoluzione di un caso, uno spagnolo, per essere più precisi, un sivigliano è scomparso, era andato a festeggiare la sua luna di miele in un safari, e non si è più saputo nulla."

"Che mi dice di lei?"chiese subito Jenaro.

"E' lei che ha dato l'allarme e ha contattato l'ambasciata e questa ha contattato noi."

"Ma questo è molto lontano dalla nostra giurisdizione, cosa dovremmo fare lì?".

"Aiutare, accompagnare, e soprattutto verificare che tutte le procedure vengano eseguite in questo caso".

"Sembra che non si fidi molto della polizia locale", commentò Jenaro.

"Non li conosco, ma l'ambasciata mi ha chiesto di inviare

i migliori in modo che possa essere risolto il prima possibile."

"Dall'ambasciata? Ma non è normale!"protestò Marta.

"E' il figlio di un noto uomo d'affari della città, e quindi vuole una risoluzione rapida e soddisfacente."commentò il capo.

"Finché non è il figlio di un politico per me va bene."ha detto Marta.

All'improvviso ci fu un grande silenzio nella stanza, tanto che Marta si rese conto che, senza saperlo, aveva avuto ragione nel suo commento.

"No, non mi dica che...!"disse Marta.

"Lei ha i suoi ordini e io i miei. Ha un giorno per prepararsi, i voli e l'hotel sono già stati prenotati."

"I voli?" chiese Jenaro.

"Da qui andrete a Madrid e da lì con volo diretto a Johannesburg, altre domande?"

"Sì", disse Marta, "Che tempo fa lì? Per sapere cosa devo portare con me".

Il capo, senza preoccuparsi di rispondere, uscì dall'ufficio dove li aveva riuniti quella mattina per commentare la notizia, lasciando lì sia Jenaro che Marta con le loro facce sorprese.

A quel punto, passò Rocìo e vedendo la porta aperta vi infilò la testa e disse:

"Quanto siete fortunati, ora in Africa."

"Se la chiami fortuna!"esclamò Marta.

"Tesoro non lamentarti! Alcuni di noi non hanno mai lasciato la stazione di polizia, come si suol dire."

Così abbandonammo l'argomento, tornando al nostro lavoro, quello delle scartoffie che ci prendono tanto tempo, nonostante non facevo che pensare a questo nuovo viaggio, con tutto quello che implicava.

Non mi è ancora chiaro se quello che ci è successo con tutti questi viaggi sia stato un premio o una punizione, poiché abbiamo dovuto affrontare numerose situazioni per le quali non eravamo preparati e che abbiamo portato avanti per diversi anni.

Menomale che Jenaro è solito leggere le guide di viaggio prima di prendere il volo di andata, poiché io sono sempre così impegnato che non ho tempo per farlo. Inoltre il capo si assicura sempre che abbiamo i biglietti aerei e i soggiorni confermate prima di partire per un viaggio.

Nonostante ciò, in più di un'occasione abbiamo dovuto perdere un volo o lasciare l'hotel in anticipo a seguito dei nuovi ordini ricevuti.

Forse dei tanti viaggi che abbiamo fatto in questi anni, quello di Johannesburg potrebbe essere stato uno dei più strani oltre che esotici visto che siamo in Africa, ma nella punta opposta di quella che siamo abituati a vedere, cioè il Marocco. Mentre stavo pensando a questo Rocìo venne e mi chiese:

"Questa volta comprerai dei souvenir?"

"Sai che di solito portiamo pochi bagagli e quindi il massimo che acquistiamo è una cartolina del posto."

"Si, ma non ce la mandi mai, aspetti di tornare per consegnarcela a mano, sono sicura che non ti costerebbe nulla scrivere qualche riga e spedirla per posta!"

"E' vero, ma c'è sempre la possibilità che si perda, o addirittura arrivi a destinazione più tardi di noi, portandola con me è sicuro che posso consegnartela."

"Ma dai, come può essere!".

"Si, ci è già capitato qualche volta, poi mi da tanto coraggio tenerla senza doverla spedire, quindi adesso la porto sempre con me."

"Già! Beh, la bacheca è quasi al completo, non so come hai fatto, ma tutte le missioni da fare all'estero sono sempre assegnate a te."

"Dai non lamentarti! Più di una volta ci siamo persi la fiera perché eravamo in viaggio."

"Ah no, quella no! Non me la sarei persa per niente al mondo."

"Come sei esagerata! Sicuramente in più di un'occasione avrai dovuto essere fuori Siviglia in quelle date."

"No!Che pensi? Nessuna buona sivigliana che si rispetti può rinunciare ad andare al Real fin dall'inizio..."

"Si, vedi! Una volta l'abbiamo visto dall'Australia."

"Anche lì arrivano notizie da Siviglia?"

"No, a volte Jenaro mette Canal Sur sul suo Laptop per tenersi aggiornato su quello che succede quando siamo all'estero."

"Ma ci saranno reti televisive nel paese in cui andrete per vedere quello che vedono tutti, Canal Sur!"

"Beh, grazie a questo possiamo sapere cosa succede in città, altrimenti quando torneremo non sapremmo nemmeno la metà delle cose."

"Che esagerazione! Vivo in questa città da tutta la vita e, a parte l'Expo del 92 e la Torre di Triana, poche altre cose sono cambiate."

"Ma che dici? Questo perché si tratta di piccoli cambiamenti e difficilmente li apprezzi, ma quando siamo stati via per mesi e siamo tornati abbiamo notato dei cambiamenti in città, ovviamente sempre in meglio."

"Ci mancherebbe! Per questo è la capitale dell'Andalusìa..."

Intanto squillò il telefono e Marta rispose dicendo:

"Si Jenaro, arrivo subito."

Andai nell'ufficio in cui mi avevano chiamato e lì Jenaro mi disse:

"Dovrai portare con te dei vestiti estivi, abbiamo a malapena quindici giorni per prepararci".

E così dicendo mi mostrò i biglietti che il capo ci aveva

preso.

In quel momento mi ricordai di quel bel viaggio in Canada, ero su quella nave, quasi sotto le cascate del Niagara o era solo un sogno? Ma poi ricordo come l'acqua che scendeva giù faceva quel rumore tremendo e come la schiuma saltava e finiva per bagnare il ponte di quella nave e gli schizzi finirono per coprire i vetri dei miei occhiali.

Quindi non mi rimase altro che dire:"No, non era un sogno, era una bella realtà.", e continuai a ricordare come eravamo arrivati su quell'autobus con cui stavamo percorrendo il Canada, fino al Grand Canyon nel Colorado.

Lì abbiamo visto gli scoiattoli, non avrei mai immaginato che ne esistessero così tanti, quel posto ne era pieno, scoiattoli dappertutto, con i loro occhietti fissi, come a voler capire perché quei turisti erano lì.

Mi colpì la sicurezza con cui si muovevano, come se sapessero che nessuno avrebbe fatto loro nulla, incuriositi, si avvicinavano così tanto da poterli toccare.

Sembrava che fossero sempre in cerca di cibo, e se qualcuno stava mangiando un panino, gli si avvicinavano, come abbiamo visto innumerevoli volte fare ai piccioni quando ci sediamo a mangiare qualcosa in un parco. Sembrava che si chiamassero l'uno con l'altro, perché al momento di metterci a mangiare molti si misero li ad aspettare, a chiedere qualcosa di quello che avevamo; così gli scoiattoli di quel luogo chiedevano con il loro sguardo un pò di pane, e qualcuno glielo dava, nonostante i tanti cartelli che proibivano di farlo, ma si sa sempre che il cuore ti si intenerisce e dici: "Poverini, moriranno di fame", e aprendo la borsa gli lanciavano qualcosa.

L'agilità che avevano era incredibile, la prendevano e con degli incredibili salti se ne andavano per quelle gole a cercare un posto tranquillo dove mangiarla, in modo da non doverla condividere.

Che posti! Forse per la luna, sicuramente non riuscirò a dimostrarlo perché nelle mie preferenze di viaggio non ho mai pensato di visitarlo, ma è quel posto, si potrebbe dire che avesse del fascino, paesaggi lunari, incredibili, sporgenze costruite da una natura capricciosa che ha voluto disegnare cosi un paesaggio oltre ogni immaginazione.

Quanto possono essere diversi alcuni ricordi dalla realtà! Quando stai pensando tranquillamente ai ricordi vissuti, non ricordi il calore soffocante che c'era a Darwin dove non si vedevano persone da nessuna parte, e la spiegazione è che sottoterra hanno un'infinità di passaggi con negozi di tutti i tipi, e così è possibile vivere senza dover uscire fuori.

Con l'auto si entra in uno degli innumerevoli parcheggi sotterranei, e lì c'è già di tutto, negozi di moda, mostre d'arte, ristoranti, insomma, lì si può passare tutta la vita.

O, ricordando che pioveva, come pioveva a Montreal,

sembrava che il cielo si fosse aperto e stesse per venire giù, il fiume San Lorenzo ai piedi della città si stava riempiendo come mai prima si era riempito, secondo la gente del posto. La grande isola centrale stava per allagarsi e lo spettacolo era a dir poco sbalorditivo, il castello era appena visibile poiché l'intenso strato di pioggia che cadeva ne rendeva difficile la visione.

Sono ricordi che mi vengono in mente quando fa caldo qui nella mia città, una delle più calde in Spagna, "questo non è caldo" mi dico, paragonandolo a quello, e quando piove non sembra nemmeno che ne cada molta. Questo è quello che ci accade quando viviamo altre esperienze che vengono messe a confronto.

Ma i ricordi a volte ci giocano brutti scherzi, e collochiamo qualcosa di vissuto in un luogo diverso, e può anche succedere che con il passare del tempo questi si modifichino e non so perché, quelli che non si dimenticano, e questo di solito accade molte volte, quelli che restano si ingrandiscono e si adattano a noi, e ci diciamo: "No, se non fosse stato così o cosi."

Quando si tratta di raccontare viaggi del passato, forse mi vengono in mente scene mescolate, visto che ce ne sono state così tante che penso non potrò mai descriverle tutte. Ma non mi voglio intrattenere su questo, bensì sull'impatto che ha sulla vita quotidiana il potere viver un sogno o no.

Quando passi la vita a desiderare qualcosa, sei frustrato, in attesa, sperando che arrivi il momento in cui quel sogno, quel desiderio si realizzi, e il tempo passa senza che questo accada, a causa di molteplici circostanze, a causa del lavoro, che ti tiene legato in qualche modo a un luogo, a un orario, a delle routine difficili da sfuggire.

Ma quando realizziamo un sogno, quanto è diversa la nostra vita! Da quel momento vediamo le cose in modo diverso, viviamo con i ricordi di quando quel sogno si è realizzato, e l'esperienza rende la nostra giornata diversa.

Chi non ha fatto volare l'immaginazione mille volte quando in tv vediamo quel paesaggio o quell'enclave? Come sarebbe se potessi andarci? A volte ci chiediamo, perché questo succedeva anche a me, e ora qui davanti, in questo momento, posso dire che se si sogna si può realizzare, non importa quanto a volte possa sembrarci inverosimile.

Certo, delle volte è più facile di altre che si possano realizzare, ma la vita è degna di essere vissuta, con sogni così è più bella, ci libera dalla noia quotidiana della monotonia schiacciante a cui ci può portare quel lavoro noioso in cui siamo impegnati, sogniamo.

Come ci si sente a bordo di una barca che attraversa il Nilo, lì a guardare l'alba, come il sole poco a poco sorge nel lontano orizzonte, e a contemplare come la chiglia della barca si fa strada nell'acqua? Questa esperienza può semplicemente far vedere la vita in modo diverso, perché di fronte a uno spettacolo del genere ci si può semplicemente chiedere che cosa sia questo? La meravigliosa creazione sta lì di fronte a noi, e se non apriamo gli occhi, ci perderemo, e, semplicemente, si sarà realizzato, perché un giorno ho deciso di lasciarmi trasportare da quel sogno.

Di questa vita che ho scelto, quella di conoscere luoghi, persone, non so, è come una curiosità, come una necessità di vedere di persona senza che nessuno mi dica cosa succede qua e là, non è solo viaggiare tanto per viaggiare.

Quando visiti un luogo, in qualche modo, l'energia del luogo ti entra dentro ed è già parte di te, e in ognuno di quei luoghi in cui sono stato, in cui ho calpestato il suo suolo, credo che mi abbiano apportato qualcosa di diverso, diverso ma necessario.

Ci sono quelli a cui non piace spostarsi dal proprio luogo, persone che vivono tutta la loro vita, breve o lunga che sia, sempre lì, nello stesso posto in cui sono nati, e questo li rende felici, ma altri hanno bisogno di trovare quella felicità percorrendo strade, trovando nuovi orizzonti da dove poter contemplare una nuova alba, visitando terre straniere oltre i mari.

Ci sono avventurieri che quando gli viene chiesto perché? Cosa ti ha portato a scegliere questo tipo di vita?, anche senza saperlo con certezza rispondono:"Questo mi rende felice, non sarei felice in un posto solo, dentro un ufficio, per quanto comodo possa essere per me, preferisco guardare un tramonto da una spiaggia solitaria o dalla cima di una montagna." Questo mi ricorda quando ci trovavamo di fronte all'Everest, una montagna enigmatica, come ci si sente a contemplarla? Come se si tornasse ad essere bambini, e tutto deve essere sperimentato. Il luogo è come si può aver sentito dire da qualcun altro migliaia di volte, magico, con quel silenzio, quella quiete, sembra che il mondo si sia fermato, che tutta la terra si sia fermata, e ciò ci permette di contemplare il mondo senza alcuna interruzione.

La neve così bianca, l'azzurro del cielo, la quiete nell'aria, fa pensare che "non c'è niente di simile in tutta la terra", ma poi le strade vengono percorse e quando ci si immerge nelle acque salate del Mar Morto, il luogo più basso della terra, si pensa "ma come può essere?", ed è così, la vita può sorprenderti e farti vedere cose incredibili.

Ma devi stare attento, non tutto è bello come sembra, se stai scalando una montagna dell'Himalaya e non stai attento, forse non potresti più raccontare l'esperienza, se stai galleggiando in quell'acqua salata del Mar Morto, stai molto attento che non una singola goccia ti vada negli occhi o vedrai quanto farà male.

Ogni bellezza ha i suoi pericoli, come le rose, sono bellissime sì, ma se non stai attento le sue spine ti feriranno e da quella puntura al dito vedrai scorrere il tuo sangue come *protesta per la tua negligenza, quindi agisci con attenzione nella vita e vedrai le meraviglie.*

Capitolo 4. Il valore di una vita

A poco a poco l'idea stava diventando sempre meno sgradevole, è vero che le mie convinzioni lo rendevano un peccato, perché togliersi la vita è uno dei peggiori atti che si possano commettere, ma dal mio punto di vista si tratta di un male minore.

Quante guerre si sarebbero potute evitare se qualcuno avesse deciso di uccidere chi le organizzava e le dirigeva, una vita in cambio di centinaia o migliaia di esse.

Ma ovviamente quel boia, quello che aveva la missione di uccidere, il generale di turno, non sarebbe stato una persona migliore, o forse sì.

E' noto che uccidere un animale, soprattutto quando è rabbioso, non è solo un diritto, come modo di difendersi, ma è un obbligo, ed è noto che chi uccide un altro, o chi ordina di uccidere non è migliore di un cane rabbioso, quindi con questa logica non dovresti avere più problemi ad eseguire quella sentenza, se così si può chiamare.

Dei generali, quelli che dirigono le guerre, ricordano sempre quando vincono qualche battaglia, senza tener conto che in realtà non hanno mai messo piede sul campo di battaglia, poiché sin dall'antichità si riservano un luogo privilegiato da dove vedere lo svolgimento della battaglia a una certa distanza senza dover metter a rischio la propria vita.

Sì, è vero che a volte se perdeva la battaglia, il suo re o anche i suoi soldati avrebbero posto fine alla sua vita, visti i risultati disastrosi e il numero di morti che aveva causato tra le loro fila, ma ciò non è sempre accaduto, poiché il generale aveva sempre qualche scusa discutendo delle condizioni del tempo, della scarsa preparazione delle sue truppe, o sul fatto che il nemico era più numeroso, tutto meno che ammettere un cattivo governo da parte sua.

Anche se il generale è un mandato, un servo dei governanti, che non conoscono nemmeno le guerre al di là delle comunicazioni che ricevono sugli sviluppi della vicenda. Ma io sono una persona pacifica, non mi sono mai piaciute le armi, e ancor meno penso di poterle usare un giorno.

Suppongo che se fossi costretto dalle circostanze, sicuramente agirei in mia difesa o in quella degli altri, ma sarebbe qualcosa di istintivo, senza prepararlo o cercarlo.

Invece ora cerco di convincermi che questa era la cosa appropriata, la più conveniente, la cosa giusta, ma come ero arrivato a questo?

Solo perché avevo avuto una...visione, per così dire, non credo che questo possa giustificare nulla, ma ho imparato da molto tempo che quel che è certo è che le circostanze che vedo non possono essere cambiate, non importa quel che io faccia o voglia.

In effetti, ho cercato di intervenire in più occasioni per alterare le conseguenze di ciò che avevo visto e non ci sono mai riuscito, è come se il futuro fosse scritto o almeno mi ha dato quest'impressione di fronte ai grandi eventi, per così dire.

D'altra parte,sono riuscito ad alterare o modificare alcuni dettagli di quel futuro, ad esempio, che una persona non si ritrovi tra le vittime di un incidente aereo, o usare i media in modo che a qualcuno che era appena caduto nel fiume da un ponte si trovasse un modo per salvargli la vita, aggrappandosi a un galleggiante che veniva lanciato in quel preciso momento.

Questo mi aveva portato a pensare che fosse una specie di avvertimento, una seconda possibilità e che, sebbene non potessi salvare tutti, potevo salvarne qualcuno, ma chi? Chi ero io per distinguere chi sarebbe dovuto restare vivo e chi no?

Se fosse per me, tenterei di salvarli tutti, ma per quanto io ci abbia provato, non ci sono mai riuscito, poiché non ho potuto modificare i fatti, si, l'aereo cadrà, si, l'incendio nell'ospedale accadrà, ma il numero delle vittime può variare.

Stranamente, e senza capire che relazione possa avere, nei giorni precedenti mi sono imbattuto in una o più persone che stavano per essere coinvolte in quell'incidente.

E' proprio attraverso queste persone che ho stabilito il contatto con quella realtà futura, se cosi si può chiamare.

Persone che all'inizio per me erano dei perfetti sconosciuti, ma dopo aver saputo cosa gli sarebbe accaduto, hanno smesso di essere indifferenti per me.

Forse è questo il mio lavoro, salvare coloro che " stranamente" mi incontravano nella loro vita, senza tener conto così del resto delle future vittime.

Questo mi ha dato una certa calma mentale, sapere che non avrei potuto salvare il resto e che avevo fatto bene il mio lavoro salvando la vita di chi avevo incrociato sul mio cammino.

Sebbene non fossi un praticante, ho mantenuto le mie credenze giovanili, quelle che i miei genitori mi hanno inculcato, e per cui credevo che ci fosse un essere superiore, che alcuni chiamano "angelo custode" e altri un "pezzo di divinità che è dentro di noi". Comunque sia è qualcosa o qualcuno che ci accompagna e ci guida nella vita, purché seguiamo docilmente i suoi consigli.

Qualcosa che non cessava di essere una favola per bambini, fino a quando, a poco a poco mi resi conto del suo intervento nella mia vita, anche se si potrebbe definire insolita, almeno da quando ho questo dono, per così dire, nonostante ciò, le circostanze in cui vivevano erano ancora più insolite.

Persone che apparentemente non avevano niente a che fare con me, incrociavano la mia vita, apportando contributi che avrei ritenuto essenziali, non solo condividendo la loro esperienza e il modo di vedere, ma anche per la tranquillità e la fiducia che trasmettevano riguardo al loro futuro.

E' vero che viviamo tutti più o meno con la certezza di ciò che accadrà domani, delle attività che dobbiamo svolgere, o dei convenevoli da eseguire, ma queste persone che conoscevo, alcune di esse, possedevano un senso trascendentale della vita, se così si può chiamare, qualcosa che li ha fatti vivere pensando, non al loro futuro, ma all'avvenire dopo la loro vita.

Questa credenza nella parte spirituale, la vita dopo la vita o qualcosa di simile, è una costante in molte religioni e filosofie, ma quando incontri qualcuno che vive con quella convinzione è...diverso, non sei più preoccupato di ciò che puoi realizzare, perché altri lo considerano più o meno, e nemmeno di quello che riesci ad ottenere..., queste persone vivono con una calma capace di contagiarti.

Poi ce ne sono state altre che hanno incrociato la mia vita, che avevano meno senso per me ma che col tempo ho capito che anch'esse avevano il loro ruolo.

E, naturalmente, quelli che mi hanno avvertito per così dire, di ciò che sarebbe accaduto e quelli che avrei potuto salvare. Erano quelli a cui, in qualche modo avrei imparato a prestare più attenzione, perché è come se avessi avuto una missione nei loro confronti, quella di salvargli la vita.

Ricordo, tuttavia, quella volta in cui ero al mercato dove mi imbattei in una signora che camminava all'indietro, salutando qualcuno e non si accorse della mia presenza.

In quel momento, in quello dello scontro, capii che le

sarebbe successo qualcosa di brutto sull'autobus di ritorno a casa, all'inizio era tutto impreciso, così ho cercato di scoprire di più.

"Mi scusi signora"

"No, mi scusi lei, camminavo all'indietro e non l'ho vista."

"No, non è niente, è normale che con così tanta gente accadono queste cose, e inoltre, dato che il mercato è così pieno la macchina deve essere lasciata a una certa distanza,"dissi, cercando di tirare fuori la questione dello spostamento.

"No, se vado in autobus, che per me è più comodo, sono solo ad una fermata, ma se sono carica preferisco il bus."

"Certo, ma è un peccato che si perde una bella passeggiata, con una bella giornata come questa."commentai cercando di persuaderla.

"Si, è vero, ma guardi, con queste due borse piene non credo che arriverei molto lontano."

"Naturalmente, se vuole posso aiutarla così non le sembrerà così pesante."

"Va bene, ma solo fino alla fermata dell'autobus" disse la signora porgendomi una delle sue borse.

Mentre ero lì, e mentre stavamo arrivando alla fermata dell'autobus, stavo pensando a cosa fare o dire in modo che quella signora non salisse sull'autobus sul quale avrebbe avuto un incidente.

Avevo sentito il dolore di quella signora e avevo visto un

autobus dall'interno, non sapevo esattamente cosa sarebbe successo, se l'incidente l'avesse avuto l'autobus danneggiando tutti, o se sarebbe successo qualcosa alla donna per cui si sarebbe fatta molto male, mettendo a rischio la sua vita. Ma avevo la sensazione che quella signora non avrebbe dovuto prendere quell'autobus.

"Mi dica, ha figli?"*chiesi, fermandomi, cercando di distrarla.*

"Vada avanti, non si fermi, sono in ritardo per l'autobus"*protestò la signora senza fermarsi.*

"Che fretta ha di andare?"

"Voi giovani non avete mai niente da fare, devo essere a casa quando mia figlia viene con mia nipote, devo farle da mangiare perché poi lei deve andare a lezione nel pomeriggio."

"E lei si prende cura di tutto?"*chiesi, senza muovermi da lì.*

"Me la dia, me la dia"*mi disse mentre mi prendeva la borsa di mano.*

"Certo che lo faccio, chi altro potrebbe occuparsene?"

"Beh, sua figlia" *dissi, senza più la borsa, ma senza muovermi da li.*

Si voltò verso di me riprendendo a camminare e mi disse:

"Veda giovanotto, non tutti hanno avuto una vita facile, mia figlia, per esempio, ha lavorato come modella, e le andava benissimo quando era giovane, aveva dei buoni contratti e faceva l'hostess ai congressi, quindi ha viaggiato a carico della compagnia, ma il tempo passa e anche gli anni, e quelle stesse aziende ora dicono che è troppo vecchia per il lavoro al pubblico, e quasi dall'oggi al domani è rimasta senza lavoro e senza che nessuno la assumesse a causa della sua età."

"Ma è così vecchia?"

"Chi?"

"Sua figlia"

"Mia figlia?Ma se ha solo trent' anni, come fa a dire che è vecchia?"

"E' lei che ha detto che non la assumono per l'età, per questo ho pensato che fosse più grande."

"No, macché! Il fatto è che vogliono ragazze giovani e mia figlia non ha più diciotto anni."disse con rammarico.

In quel momento l'autobus passò e lei che guardava in basso se ne accorse. E con un gran grido disse:

"Il mio autobus!"ma non gli corse dietro.

Penso che carica com'era e consapevole di quanto fosse lontana la fermata, sapeva che non sarebbe riuscita a prenderlo in tempo.

"Guardi cosa ha fatto!Adesso devo aspettare un'ora per il prossimo."disse, voltandosi verso di me.

"Mi scusi, se vuole posso aiutarla con le cose e portarla dove mi dice lei per farmi perdonare."

"E' il minimo che possa fare!"disse arrabbiata mentre

allungava le due borse perché le prendessi. Così riprendemmo la passeggiata, questa volta fino a dove abitava, quando poco dopo sentimmo un forte rumore, e dietro l'angolo potemmo vedere come l'autobus si fosse scontrato con un altro veicolo e si fosse ribaltato.

"Che fortuna, me la sono scampata!"disse la signora vedendo lo scenario.

"Sono circostanze come queste che mi fanno pensare che la vita ha un senso, almeno per me, e che le mie visioni, o premonizioni o come vogliamo chiamarle, sono avvisi perché intervenga, altrimenti, la persona coinvolta, quella per cui attraverso il contatto posso sapere cosa le succederà, soffrirà o addirittura morirà.

Non so esattamente cosa gli succederà, a volte sento solo l'intensità del suo dolore, altre volte la paura o la disperazione che sta vivendo in quel momento.

Ma è anche vero che non posso sempre intervenire con successo. Soprattutto quando cerco di spiegarmi, se è possibile spiegare quello che ho, o quando cerco di avvertirli, ed è allora che mi guardano come se fossi pazzo.

Infatti, in principio, dopo una di queste visioni di...catastrofe, in cui ho anche chiamato le autorità per fermare un aereo che stava per decollare, o per avvertire di un incendio in un edificio, invece di darmi ascolto mi hanno rinchiuso e mi hanno interrogato come se fossi stato io ad ideare e provocare l'incidente.

Tante e tante volte ho ripetuto la stessa cosa sulle mie qualità e loro non mi hanno mai creduto, e nel frattempo rimanevo in arresto, fino a quando arrivava il rapporto degli esperti che confermava che si era trattato di un incidente e non di un atto provocato.

Solo a quel punto mi rilasciavano, anche se sapevo che a volte mi avevano tenuto d'occhio, dato che non credevano del tutto alla mia versione, spiegazione semplice ma reale, che ho la capacità di vedere quello che la gente proverà in futuro, soprattutto quelle emozioni più sconvolgenti, e che grazie a questo posso intervenire per salvare la loro vita, o almeno per evitare quella sofferenza.

Nonostante ciò, sapevo di non aver alcun il diritto di togliere la vita a nessuno, non l'avevo mai fatto prima e nemmeno avrei iniziato a farlo ora.

Suppongo che se all'epoca mi fossi arruolato nell'esercito, probabilmente non avrei nemmeno fatto queste affermazioni, mettendo il "bene comune" davanti alla vita delle persone, però io non ero così.

Ed era così ripugnante l'idea di togliere la vita, come quella di assumere qualcuno per farlo, poiché in quel modo non mi sarei trovato nella posizione di dover "premere il grilletto", ma dopo tutto sarei sempre stato io ad eseguirlo, anche se indirettamente.

Non so come fanno i militari e persino la polizia quando devono premere il grilletto sapendo che di fronte a loro c'è una persona, un padre di famiglia, con le stesse paure e desideri che posso avere io di vivere e di contribuire per un mondo migliore, ma...

Ho conosciuto poliziotti che mi hanno raccontato che nei loro trent'anni di servizio, pur essendo addestrati e facendo esercitazioni settimanali di tiro, nonostante questo, non hanno mai dovuto usare un'arma contro nessuno, affermando che probabilmente se fosse giunto il momento non lo avrebbero fatto. E' un po strano, visto che portano la pistola tutti i giorni, ma...è più come una parte dell'abbigliamento che per desiderio di sparare.

E nel mio caso, non ho nemmeno una pistola, beh, in questo paese il fatto è relativamente facile da risolvere, sarebbe sufficiente andare in un'armeria e richiedere un porto d'armi da caccia per ottenere una pistola, ma per farci cosa?

Potrei provare ad avvicinarmi e cercare di negoziare, parlare con la persona, cercare di convincerla che le sue azioni hanno delle conseguenze e che il loro desiderio di potere potrebbe portare alla morte di centinaia o migliaia di persone, come ho visto nella mia visione, ma...non riesco nemmeno ad avvicinarmi a lui, da quando ha iniziato la sua campagna contro gli immigrati sono in molti a non volergli bene, e da quanto lui afferma, hanno addirittura minacciato lui e la sua famiglia.

Quindi, escludendo l'uso delle armi ed escludendo di poter parlar con lui cosa resta? Solo aspettare come spettatore per vedere cosa succede, dato che mi sto basando su una visione, e sebbene non mi abbia mai deluso, per così dire, non so se questa volta si verificherà.

A dire il vero, questa visione del futuro non è qualcosa di desiderato per me, né tanto meno che volevo, ma ho imparato a conviverci, considerandola come una capacità in più, come il vedere, il sentire o l'odorare, una sorta di sesto senso come dicono alcuni.

Sebbene all'inizio non sapevo di cosa si trattasse e cercavo di evitarlo, questo mi ha portato a una situazione quasi critica della mia vita, poiché mi ha fatto perdere il lavoro che avevo fino a quel momento.

Ma forse la fase più difficile è stata quando la polizia è entrata nella mia vita, per così dire. Non è che avessi fatto nulla, ma capisco che è stato per le numerose volte che avevo avuto ragione denunciando un incidente che avevo visto all'autorità competente.

Suppongo che al principio non mi credettero, dato che in un'occasione sono stato addirittura arrestato come sospettato, cioè, li avevo avvisati in modo che potessero prevenirlo, e invece di farlo, una volta accaduto l'evento mi hanno accusato di essere stato colui che lo aveva pianificato ed eseguito.

Per fortuna le indagini della polizia determinarono che non ero né sul posto, né si sarebbe potuto prevedere l'incidente in alcun modo, cioè non avevo avuto niente a che vedere con quello che era accaduto oltre ad aver dato il relativo preavviso, e grazie a questo mi rilasciarono.

La seconda e la terza volta che fui sospettato e che mi interrogarono, conoscevo quasi le domande a memoria, e ovviamente risposi a tutto con la verità, poiché non avevo nulla da nascondere, tutto era successo come avevo descritto, e ovviamente non mi trovavo nemmeno nei paraggi.

Questo, non so bene perché, cambiò il modo di porsi nei miei confronti, e così mi chiesero di essere una specie di assistente, o consulente.

All'inizio rifiutai, sostenendo che non controllavo ciò che vedevo o quando lo vedevo, e che stavo solo rispondendo al mio dovere di cittadino avvisando le autorità affinché lo evitassero.

Poi, e dopo l'insistenza della polizia, accettai di collaborare al primo caso, poi al secondo e poi...non so nemmeno quanti casi ho visto e a cui ho partecipato, e rimpiango ognuno di loro.

Non per il risultato degli stessi, che in alcuni casi è stato possibile arrestare il colpevole, ma per dover vedere l'altro lato della natura umana, che non è così diverso da quello degli animali.

In verità fu una vera scoperta per me, ma nel senso più negativo che ci si possa aspettare, ovviamente facevo di tutto per quel "bene comune"che era proteggere e prendersi cura dei cittadini, evitando il più possibile che scoprissero tutte le crudeltà accadute nelle loro strade.

La verità è che non so come i poliziotti vadano a lavorare ogni giorno sapendo che quello che si può trovare è talmente negativo, e c'è anche chi è specializzato nei casi più macabri.

A volte li ho sentiti dire che "qualcuno deve farlo", e che sono orgogliosi del loro lavoro se riescono a fermare l'aggressore o il criminale.

Una filosofia di vita che personalmente non mi attrae né mi convince, ma nella quale sono stato involontariamente coinvolto, rendendo i crimini parte della mia quotidianità, e che all'inizio ho cercato di contrastare, e a fare in modo che contassero su di me al massimo una volta al mese, ma ovviamente ogni nuovo caso era più urgente del precedente, sia che si trattasse di un rapimento, che di indizi scollegati, che se...

Non so proprio cosa pensare, se fossi davvero così essenziale per la polizia, o se stessero abusando delle mie capacità, ma ad ogni modo c'era un beneficio per la cittadinanza, anche se ad eccezione della vittima, se questa sopravviveva, o dei suoi familiari o parenti, nessuno avrebbe saputo del caso.

Ma è vero che in qualche occasione ho dovuto affrontare la fama, se così si può chiamare, ed è stato quando ho partecipato a qualche caso mediatico, o perché la vittima era qualcuno conosciuto o figlio di qualche personaggio famoso, o perché lo era l'imputato. Nonostante abbia un accordo di riservatezza, dove nessuno della polizia dovrebbe rivelare quale sia il mio ruolo, nonostante ciò, non so come lo abbia scoperto la stampa e la mia vita sia cambiata completamente.

Vivendo a casa mia, recandomi a metà pomeriggio presso la stazione di polizia quando lo richiedevano, per poter dare una risposta ai casi che mi presentavano, essendo così invisibile al resto dei cittadini, che in quel momento erano già riuniti nelle loro case.

Da quello ad avere la stampa davanti casa mia parcheggiata in ingombranti furgoni dove esponevano i loghi delle loro emittenti, aggiunto al pellegrinaggio di persone che, non so come, pensavano che avrei potuto aiutarli nei loro casi, di tutti i tipi: persone scomparse, casi irrisolti, e addirittura malati che pensavano che avessi un qualche potere per aiutarli a guarire.

Ma ovviamente, anche se all'inizio mi sono preso la briga di occuparmi di ognuno di loro, ascoltarli e indirizzarli alla polizia, in modo che fossero loro a canalizzare quelle richieste, presto si videro affollare la stazione di polizia e ovviamente anch'io lì.

Così, e di comune accordo con il commissario, andai a vivere in un luogo isolato, un piccolo cottage con tutte le comodità, ma solo lui avrebbe saputo dove mi trovavo.

Quello era l'accordo e rimase tale per molto tempo, e nonostante la mia apparente assenza, quelli che non scomparvero ma aumentarono furono quei pellegrini, non so bene come chiamarli, ma davvero non so da dove venissero.

I giornalisti, dal canto loro, vedendo che non c'era nulla da comunicare, in meno di una settimana avevano sgomberato il giardino di casa mia, dove si erano sistemati come parcheggio pubblico. Ma nonostante ciò ho preferito starmene alla larga, visto che l'esperienza non era stata per niente piacevole, perché non era il fatto che sapessero dove abitavo e che lo comunicassero, o che venissero a sapere del mio rapporto di lavoro con la polizia, ma, non so molto bene come, avevano fatto un'esposizione di tutta la mia vita.

Tant'è che in quel periodo mi ricontattarono vecchi amici dicendo che mi avevano visto in televisione, e per finire, mi contattarono anche ricercatori di varie università dicendomi che se avessi collaborato con loro avrebbero potuto dimostrare le mie capacità, e altri ancora che sostenevano che si trattasse di una truffa e che se li avessi lasciati provare lo avrebbero dimostrato.

Personalmente non ero interessato né all'una né all'altra offerta. Non avevo bisogno che qualcuno dimostrasse che il mio dono, se così si può chiamare, funzionava, o che cercasse di convincermi del contrario.

I miei risultati, per cosi dire, erano evidenti, in quanto la polizia continuava a venire a chiedere la mia collaborazione, motivo che indicava che effettivamente funzionava, o almeno così sembrava.

Ma il peggiore di tutti è stato il primo caso, quello che non dimenticherò mai, beh, quello o qualsiasi altro a cui ho partecipato, perché purtroppo quelle immagini mi "perseguitano" di notte.

Non so davvero come riescano a dormire i poliziotti dopo quello che hanno visto e quel che sanno, ma immagino che siano abituati.

Personalmente, la parte apparentemente più difficile, quando si trattava di ricordare ciò che avevo visto e vissuto, forse quella che mi ha causato più problemi a livello personale, è stata quando ho dovuto dire di no a qualcuno.

All'inizio non riuscivo a negare il mio aiuto a chiunque me lo chiedesse, finché la polizia non mi ha detto che quello era il loro lavoro e che in nessun modo dovevo interferire in casi investigativi aperti.

Qualcosa a cui non prestavo abbastanza attenzione fino a quando un giorno, mentre stavo uscendo di casa, due persone in giacca mi stavano aspettando e mi costrinsero gentilmente ad entrare in macchina.

Dico gentilmente perché me lo chiesero, dicendo il mio nome e cognome e suggerendomi di entrare in macchina, fui obbligato perché senza aspettare che avessi il tempo di reagire o rispondere, uno di loro mi strinse forte il braccio e mi spinse verso la porta che in quel momento stava aprendo l'altra persona.

Non so come, ma non ebbi nemmeno il tempo di opporre resistenza quando già mi ritrovai chiuso dentro quella macchina nera di lusso.

"Non si preoccupi" mi disse una signora che si era seduta a fianco a me, "Non vogliamo farle del male"affermò.

"Non so chi siete, ma io ho i miei diritti, e sono anche amico dello sceriffo" protestai davanti a quella violazione dei miei diritti costituzionali.

"Lo sappiamo ed è per questo che l'abbiamo trattata bene, non pensi che siamo sempre così"disse uno di quelli che mi aveva costretto a sedermi sul sedile del passeggero.

"Non mi avete ancora detto chi siete o cosa volete"protestai vedendo l'auto che iniziava a incamminarsi senza che nessuno se ne accorgesse.

"Tutto a tempo debito"disse la donna.

In quel momento, senza sapere come e perché, forse a causa della tensione che stavo vivendo, forse perché mi sentivo intrappolato e claustrofobico, non so perché, ma ho iniziato a respirare a fatica, sembrava che mi mancasse l'aria, sentivo un formicolio alle mani che di solito precedeva una delle mie crisi, mi sembrava che stessi annegando, quando all'improvviso tutto diventò bianco.

"Si sente bene? Si sente bene?"

Sentivo in lontananza come se una voce metallica mi parlasse dall'altra parte del telefono.

"Cosa?"riuscii a dire, mentre quel bagliore cominciava a svanire.

"Si sente bene?"chiese, questa volta la sentii più chiara e nitida.

"Chi?Dove?"dissi aprendo gli occhi e cercando di muovermi.

"Non si preoccupi, ora va tutto bene"mi disse qualcuno con una voce femminile.

Socchiusi gli occhi e mi ritrovai supino a guardare il cielo e intorno a me degli alberi altissimi dai colori vivaci, rossi, gialli e perfino ocra, in quel momento mi ricordai in che stagione eravamo, era prima dell'inverno.

Provai ad alzarmi ma sentii che qualcuno mi tratteneva. Mi guardai intorno e mi resi conto che c'erano due persone, ognuna delle quali mi teneva le braccia mentre ero disteso.

"Sollevalo!"disse la voce femminile.

E come se avessi avuto una molla, mi sollevarono e mi liberarono.

"Che paura ci ha fatto prendere!"

Rispose uno degli uomini che non ricordavo d aver visto

prima, beh....si, era....uno dei rapitori. In quel momento cominciavo a ricordare. Questo mi causò una grande confusione e guardandomi intorno iniziai a correre senza sapere dove veramente fossi, ma quelli che mi avevano appena sollevato mi afferrarono rapidamente, impedendomi di scappare.

"Non così in fretta, non abbiamo ancora finito con lei."disse l'altro rapitore.

"Lascialo!" sentii dire a una voce femminile.

Mi voltai, ed eccola lì, lei era...una rapitrice, o almeno così ricordavo.

Protestai e gli chiesi di liberarmi quando uno degli uomini si interpose tra di noi impedendomi di vederla.

Frustrato dalla situazione, dal fatto che non mi lasciassero andare, e nemmeno lamentarmi, decisi di sedermi per terra per protesta.

"Abbiamo perso abbastanza tempo, portiamolo in macchina!"

E ancora una volta mi ripresero, e non so bene come, mi costrinsero a rientrare in macchina.

Quello era un dejà-vu, come si suol dire, non so esattamente quando sia successo perché non sapevo che ore fossero o dove mi trovavo, ma avevo già provato quella sensazione di essere costretto a salire in quella macchina.

"Bene" disse la donna "Sta meglio adesso?"

"Meglio?,No, sono solo stato rapito per la seconda volta"

"Tecnicamente non l'abbiamo mai lasciata andare, quindi no, una volta sola" disse con tono condiscendente.

Quella cosa mi fece infuriare, non so che tipo di persone fossero, ma ci sono solo due tipi che si comporterebbero in modo cosi sconsiderato rispetto alla legge, i criminali e coloro che la proteggono. I primi perché non rispettano niente e nessuno, e i secondi perché conoscono tutti i trucchi per fare quello che vogliono senza infrangere "tecnicamente" la legge.

E visti i modi in cui mi hanno messo in macchina senza farmi male, capii che erano delle forze dell'ordine. Ma se lo erano, perché non avevano usato il solito canale, cioè attraverso lo sceriffo del paese?

Avevo già collaborato con agenti di altri stati, ma erano sempre stati indirizzati attraverso lo sceriffo che era, in definitiva, il più alto rappresentante dell'autorità in quel luogo, e invece ora...

"Beh, per essere dell'FBI avreste dovuto mostrarmi i vostri distintivi."dissi con tono sarcastico, come a dimostrare che li avevo scoperti.

Se fossimo dell'FBI non ci saremmo presi la briga di venire fino a qui, ma avremmo detto allo sceriffo di portarla dove eravamo e lui l'avrebbe fatto."rispose la donna senza mostrare sorpresa da parte sua.

"Beh, se non siete dell'FBI, non so quale altra agenzia

possa rapire così impunemente i propri cittadini."

"*In effetti non lo sa né lo saprà, quindi smettiamola di giocare. Ora sa che lavoriamo per il governo, complimenti, ci è voluto un pò ma alla fine ci è arrivato. Ora arrivano le sorprese, è stato reclutato per lavorare sotto i nostri ordini e senza la possibilità di dire di no.*"

"*Cosa?*"*dissi stupito e in segno di protesta.*

"*Non se la prenda, sappiamo tutto di lei, e quando dico tutto intendo tutto.*"

"*Non credo che sappiate nemmeno la metà delle cose che dite.*"*dissi per vedere che cosa sapevano in realtà.*

"*Vedo che vuole continuare a giocare. No, non abbiamo tempo per questo, se non è d'accordo con le nostre azioni può intentare una causa contro di noi, ma la avverto nessun giudice in questo paese si assumerà una causa del genere, e ovviamente l'unica cosa che le resterà da fare saranno i capricci.*"

Ciò mi dava molto fastidio, perché non solo stavano calpestando i miei diritti costituzionali, ma mi dicevano, e con grande convinzione, che non c'era giustizia a proteggermi a questo riguardo.

La verità è che avevo avuto poco a che fare con gli avvocati e i giudici, e l'unica cosa che avevo ottenuto era una spesa finanziaria e poco altro.

Se la giustizia fosse giusta dovrebbe essere gratuita,

almeno è così che la intendo io, ma beh...per quanto riguarda la mia fiducia nel campo giudiziario era notevolmente diminuita, e ancor di più dopo quello che avevo appena sentito.

Non che fossi un esperto nell'individuare bugie o cose del genere, ma conoscevo la differenza tra quando qualcuno faceva sul serio e quando stava bluffando. E in questo caso non mi diedero l'impressione che stessero bluffando.

"Bene, come posso aiutarvi?" dissi, assumendo il mio ruolo in quel momento, sapendo che non avevo altra scelta.

"Così va meglio, la sua collaborazione è molto preziosa per noi, quindi non vogliamo che si senta a disagio. Ci sono molti casi che abbiamo...come potrei dire...difficoltà a risolverli."

"Allora andate alla polizia."dissi con tono sarcastico.

"Non sono quei tipi di casi in cui hai collaborato, nemmeno quelli gestiti dall'FBI, sono altri di natura....., per così dire, delicata"

"Tutti i casi sono delicati, genitori preoccupati, figli disperati...ci sono sempre persone che soffrono dietro ogni caso."

"Beh, è difficile da far capire."

"Se intende casi che ufficialmente non esistono, si, ho capito."

"Bene, vedo che ci capiamo. E' proprio a causa di questa situazione che questi casi non arriveranno mai nelle mani di

alcuna autorità locale o nazionale.”

“Non so cosa pensate di sapere di me, ma non funziona così, non aiuto il primo che si presenta da me, e non si offenda, ma non sono un mago che con una bacchetta magica può risolvere magicamente ogni caso.”

“Non si sottovaluti, e si, sappiamo come lavora e conosciamo i suoi limiti, ma possiamo aiutarla anche in questo.”

“Aiutarmi?”chiesi sorpreso.

“Certo! Perché credeva che fossimo venuti qui?Solo per vedere cosa avrebbe dedotto da pochi fascicoli classificati? No, per questo abbiamo già gli analisti, i migliori del paese.”

“E allora cosa volete da me?”

“Proprio per vedere quello che loro non possono vedere”

“No, non credo di potervi aiutare, non funziona così. Non sono un distributore di fast food che può occuparsi di ogni caso quando richiesto e anche rapidamente”.

“Sappiamo, come le abbiamo detto, più di quello che lei sa su se stesso e su questo...diciamo...dono.”

Era la prima volta che quella persona faceva riferimento al mio dono, e lo fece con mio stupore, con un certo tono di rispetto.

Quel fatto mi sorprese e non potei fare altro che chiedermi:
“Avete già provato con altri?”

“Si, come le ho detto lavoriamo con i migliori.”

"Intendo quelli che si definiscono medium, prestigiatori o come si chiamano."

"Le dico di sì, ognuno di loro è stato valutato all'epoca e scartato per questo caso."

"Scartato?"

"Sì, è qualcosa che va ben oltre le loro capacità, ecco perché siamo qui."

"Non credo di aver nulla che gli altri non abbiano, per di più, penso che vi sbagliate su di me."

"Noi non commettiamo errori, soprattutto quando si tratta di questioni delicate."

"Ebbene, la verità è che non so cosa ci faccio qui, perché avete commesso un errore con me. Le dico che il mio dono, come lei lo ha chiamato, non funziona quando voglio e come voglio."

"Lo sappiamo, ed per questo che le offriamo una soluzione."

"Soluzione per cosa?"chiesi stupito.

"Soluzione, in modo che possa controllare ciò che vuole vedere, dove e quando."

"Non le credo".dissi in tono di protesta, pensando che fosse impossibile.

"Se ci permette di aiutarla, possiamo migliorare le sue capacità fino a limiti che non aveva ancora immaginato."

"Non voglio."

"Ancora non sa cosa si sta perdendo. "commentò sarcastica

la donna.

"Non mi interessa. Negli ultimi tre anni che ho lavorato con la polizia ho visto abbastanza da non volerne sapere più di niente e nessuno, Tutto quello che voglio è starmene in santa pace e avere una vita come tutti gli altri."

"Possiamo aiutarla anche in questo."

"No , grazie. Certamente non sarà gratuito da parte sua, non ho intenzione di farmi coinvolgere in qualcosa che non so come potrebbe andare a finire."

Quella situazione mi sembrava sempre più sorprendente, per non dire strana, se era vero quello che affermavano, non solo conoscevano me e le mie capacità ma altri, di cui fino ad ora non avevo sentito parlare, né sapevo della loro esistenza.

A dire il vero, se avevo queste...capacità o doni, per così dire, perché non avrebbero potuto esserci altre persone con gli stessi doni?

Era un'idea che fino a quel momento non avevo considerato, e mi dava una sensazione di sconcerto., se sì, perché nessuno me lo aveva detto?Dico della polizia o dell'FBI con cui lavoravo così spesso.

Non credo che dovrebbe essere un segreto sapere che ci sono persone...talentuose, per così dire, capaci di aiutare la polizia.

Ebbene, anche se così fosse stato, non mi era ancora chiaro che tipo di aiuto mi stessero chiedendo e perché tanta segretezza.

Capisco che ci sono questioni governative che potrebbe non essere loro interesse pubblicizzarle, ma che richiedono il mio dono, e non riesco a immaginare cosa potrebbe essere.

Inoltre, ho ben chiaro che se non mi avessero voluto dare il nome della loro organizzazione non doveva essere molto trasparente.

Avevo sentito storie di gruppi segreti all'interno del governo stesso che agivano alle spalle di tutti, in questioni troppo delicate per essere sottoposte a qualsiasi tipo di processo pubblico, se fosse stato necessario.

E non mi riferisco alla CIA, organizzazione che già in più occasioni aveva subito il rogo dei parlamentari, avvezzi a voler controllare tutto, anche le operazioni più delicate.

A dire il vero, tutto ciò, non so, mi sembrava alquanto surreale, in primo luogo il fatto che potessi fare il lavoro della polizia, e in secondo luogo che ora qualcuno del governo si rivolgesse a me, e fatto ancora più sorprendente, per non dire scomodo, riguardo a quella situazione, è che mi era stata offerta una "soluzione".

Capisco che possa trattarsi di qualche farmaco sperimentale che vorranno provare su di me, o forse già ce l'hanno e conoscono i suoi effetti, nel qual caso se sanno come potenziare o ridurre questi doni, perché non prendere soldati volontari e trasformarli in persone con grandi doni?.

Ciò eviterebbe loro di rivolgersi a persone comuni che

vogliono solo vivere in pace.

A dire il vero, non sapevo davvero come uscirne, perché ero sicuro che non mi avrebbero lasciato andare per sempre se glielo avessi chiesto. Mentre facevo questi pensieri la donna mi interruppe dicendo:

"Bene, ha deciso?"

Velocemente, e senza darmi il tempo di riflettere ulteriormente sull'argomento dissi:

"Si, e la mia risposta è no, grazie."

"E' un peccato", disse la donna, mentre metteva la mano in una scatola che aveva sulle ginocchia, e ne prendeva qualcosa con cui mi spruzzò in faccia.

Capitolo 5. L'accordo

"Bene signore, vedo che vuole collaborare, glielo renderò ancora più facile, ha l'obbligo di farlo se vuole che raggiungiamo un accordo, questo ridurrà la sua pena e chissà, potrebbe essere fuori di prigione tra vent'anni."disse Marta

"Credo che non ne abbiate idea, state brancolando nel buio, non credo che minacciarmi sia di alcuna utilità, sarebbe meglio che vi tranquillizzaste e mi lasciaste pensare."

"Non credo che lei sia nella condizione di chiedere qualcosa" affermò con tono deciso Jenaro, "qui siamo noi l'autorità e decidiamo noi se lei deve parlare, così come se è innocente o meno."

"Lascialo un attimo, sembra che sia abbastanza intelligente da capire cos'è meglio per lui, e alla fine vedrai che collaborerà, vero signore? "chiese Marta.

"Beh dipende da cosa ottengo da tutto questo, non mi avete offerto niente al di fuori di minacce e urla."

"Cosa vuole?"disse ancora Marta mentre tirava fuori un taccuino su cui annotare.

"Immunità per coloro che sto per elencare. Mi risulta che alcuni di loro siano stati arrestati e vorrei che non scontassero nessuna pena in nessun caso."

"Immunità! Con chi credi di parlare?"rispose Jenaro alzando la voce, "Sa cosa mi sta chiedendo?".

"Queste sono le mie condizioni. Scriverò i loro nomi su un foglio e voi dovrete impegnarvi a non condannarli."

"Non abbiamo questo potere decisionale."spiegò Marta.

"Beh, consultate i vostri superiori. Avete già il capo e l'unico artefice, se volete che confessi lo farò alle mie condizioni...pensateci."

Entrambi i poliziotti si riunirono in un angolo, e dopo aver discusso a bassa voce mostrando movimenti rabbiosi delle mani, uscì dalla stanza il peggiore che mi era capitato dall'inizio e rimase la donna che sembrava essere più d'accordo con la mia idea, che almeno aveva cercato di capire la mia situazione e di non renderla così drammatica.

"Beh, siamo solo noi due."disse Marta "mentre il mio collega torna vorrei che mi anticipasse qualcosa su ciò che sentiremo, non vorrei che il nostro capo firmasse a vuoto e che poi non avessimo più un caso, così che lei possa assolvere i suoi compagni da tutto."

"Bene, tempo al tempo."

"Cosa vuole dire con "tempo al tempo?"chiese Marta in collera,"stiamo parlando di un processo in cui le è stata risparmiata la pena di morte perché non è riconosciuta in questo stato, ma le garantisco che avrà molto tempo per pentirsi nel posto in cui la manderemo"disse mentre dava una forte manata sul tavolo e avvicinava il suo viso al mio quasi a sfiorarmi.

“Ma lei mi credeva!”risposi sorpreso.

“Non mi fraintenda, sono un poliziotto e non mi unisco alla folla, voglio la verità e la voglio prima che arrivi il mio collega.”insistette Marta senza staccare il suo viso dal mio.

“Non dirò nulla finché non sarà messo per iscritto il compromesso che le ho richiesto.”

“E come facciamo a sapere che una volta firmato lei non chieda un avvocato?”

“Non lo saprete, ma c'è una cosa chiamata “dare la propria parola”, e io l'ho data.”

“E' inutile, abbiamo un cadavere e tutte le piste portano a lei. E' sicuro di non aver niente da dire in suo favore?”chiese insistentemente Marta allontanandosi e sedendosi di fronte.

“Né a mio favore né contro di me, niente finché non firmerò il documento che mi scagiona.”

“Deve tenere molto a quelli in quella lista, chi sono?I suoi compari?Una donna? Forse la sua amante?...”

“Pensi quello che vuole, ma in ogni caso sono innocenti che subirebbero una punizione ingiusta.”

“Ci crede stupidi?”disse Marta alzandosi, prendendo a calci il tavolo, facendolo quasi cadere.

Voltandosi, attraversò la piccola stanza degli interrogatori, in direzione dello specchio che copriva l'intera parete dietro di me, quella stanza non era molto grande, ma era sufficiente per intimidirmi.

Avevano impiegato troppo tempo per prendermi, era una situazione che mi aspettavo o per la quale mi stavo preparando, ma sembrava che alla polizia non interessasse la verità, cercavano solo un capo espiatorio, qualcuno da incolpare e chiudere il caso e poi un rapido processo e qualcos'altro.

Mi sentivo trattato ingiustamente dopo tutti gli indizi che avevo lasciato loro per risolvere il caso, ma sembravano più preoccupati di fare bella figura con i loro capi che scoprire il come e il chi.

Mi lasciava perplesso il fatto che fossero ancora così lontani dalla verità, anche se avevano così tanti indizi che non sapevano come far combaciare.

"Bene signore, la mia pazienza sta finendo, sa, lei non è l'unico che dobbiamo interrogare questa mattina, chissà cosa ci diranno gli altri arrestati, ma le assicuro che parleranno, e quando lo faranno lei cadrà con loro."affermò Marta sedendosi davanti a me.

"Si sbaglia!"la corressi, "potete interrogare chi volete, ma non li potete processare, poiché abbiamo un accordo, suppongo che non lo direte finché non avrete ottenuto le informazioni che cercate, ma in ogni caso dovrete lasciarli liberi."

"Anche se devono rispettare le regole e gli accordi, se lo firmo queste saranno le mie condizioni e dovrete rispettarle."

“Per caso crede di venire qui a darci ordini? Siamo noi qui che processiamo le prove,e stabiliamo se si tratta di un crimine, chi lo ha commesso e chi sono i complici.”

“Ma voi avete bisogno di me.”dissi interrompendola.

“Come sarebbe a dire che noi abbiamo bisogno di lei? Ma chi si crede di essere? “disse Marta in tono arrabbiato.

“Altrimenti non staremmo qui a discutere.”

“Come osa!Vuole insegnarci a fare il nostro lavoro? “rispose urlando

.”Ve l'ho già detto, parlerò solo dopo aver firmato l'accordo, non si arrabbi e non urli.”

“Urlo quanto mi pare perché siamo nel mio ufficio, ora e in futuro, farà quello che dico io, parlerà quando lo dico io e non imporrà nessuna condizione, mi ha sentito bene?”

“Perfettamente, anche se credo che lei sbagli nei modi, lei è un poliziotto, e non ha niente contro di me, altrimenti il suo collega non sarebbe uscito a consultare il suo superiore, se lo avesse fatto, anche se ci fosse stata una prova, per quanto piccola che fosse, sarei stato ammanettato.”

“Vuole che lo ammanetti?E' questo che vuole? Perché se è così lo farò volentieri e getterò la chiave nel fiume. E' quello che vuole?”disse la poliziotta con rabbia, avvicinando di nuovo il suo viso al mio.

Quando bussarono alla porta, questa era socchiusa e si sentì una voce maschile che chiamò:

"Marta!"

In quel momento seppi il nome della poliziotta che mi stava interrogando, la quale uscì dalla stanza.

Finalmente lì da solo, ed ebbi il tempo di pensare senza la pressione di quella poliziotta, sapevo che stavo facendo il meglio per tutti loro, avrei stilato la mia lista, e anche se sapevo che questo avrebbe potuto far sì che qualcuno di cui la polizia non aveva tenuto conto venisse interrogato, non volevo rischiare che qualcuno di loro venisse incriminato, quindi ho dovuto elencarli tutti, così ho cercato di ricordarmeli tutti e non farmene sfuggire nessuno.

Non so perché ma in quel momento mi ricordai della prima volta che incontrai Gloria, una ragazza che serviva il caffè a uno dei tavolini accanto a dove ero solito sedermi. Quando le chiesi gentilmente di prendere la mia ordinazione mi rispose che lei era della concorrenza e che anche se non c'era una vera e propria divisione tra i tavoli nel locale, c'era una linea di separazione immaginaria che stava giusto davanti a me, e quindi non poteva servirmi.

"Ok, e se cambio tavolo?"le chiesi contrariato.

"Allora sarò felice di servirla, ma la avverto che il prezzo può variare di molto, soprattutto se prende bevande alcoliche."

"Non si preoccupi, non bevo drink alcolici, mi fanno venire la nausea."

"Bene, se è così allora si metta a sedere a questo tavolo che ho appena pulito e mi dica cosa le posso servire."

Lentamente mi alzai e mi andai a sedere dove mi aveva indicato quella bella ragazza. Era vestita in modo piuttosto provocante, indossava una camicetta bianca con una scollatura pronunciata, anche se la gonna che indossava le arrivava quasi fino al ginocchio.

"Beh, voglio solo un caffè."

"Come lo vuole? Semplice, con latte, macchiato, moka, cappuccino...

"No, solo un caffè con latte caldo."

"Attenda un attimo."

Mentre si dirigeva verso l'interno del bar non riuscivo a staccargli gli occhi di dosso, la seguivo ad ogni passo, incantato, quasi ipnotizzato, incapace di pensare ad altro.

Poi tornai in me e ripresi a leggere un libro intitolato "Il miglior venditore del mondo", mi piacevano questi argomenti, imparare a convincere gli altri, trovando esattamente quello che volevano, poiché mi dedicavo alla compravendita di case.

Questa era un'attività redditizia per me, che iniziai per caso, quando ereditai da una zia una proprietà in un'altra città, era una vecchia casa, incantevole, ma dato che si trovava in un'altra città non avrei potuto viverci.

Dopo averci pensato, l'ho ristrutturata, ho riparato le mura, ho buttato via tutti i mobili che c'erano all'interno, ho dato una mano di pittura alle pareti e ho messo in vendita la casa, e in meno di una settimana sono riuscito a venderla a quasi dieci volte il suo prezzo.

All'inizio questo fatto mi sorprese e allo stesso tempo mi spaventò. Come avevo potuto guadagnare così tanti soldi in cosi poco tempo? In cosa avrei potuto investirli?

Stavo cercando delle possibili opzioni, e alla fine dopo aver esaminato diverse attività commerciali finii per collaborare con un'agenzia immobiliare, prestai loro il capitale per acquistare e ristrutturare vecchie case in periferia, e loro si occupavano degli appaltatori e della successiva vendita.

Ogni giorno e senza fare nulla il mio capitale aumentava considerevolmente, pensai così di formarmi, per questo iniziai i miei studi di economia e a frequentare i relativi corsi. Mentre ero immerso in questi pensieri mi si avvicinò la ragazza con il caffè e disse: "Sai, penso di averti già visto prima."

"A me?"chiesi sorpreso.

"Si, un paio di giorni fa nel campus, avevi dei libri con te, e ti sono cascati tutti a terra."

"E' una cosa che mi capita spesso, è a causa dei miei occhiali progressivi, con cui non riesco a vedere bene, soprattutto a distanze intermedie, e ancor di più con i gradini, dove qualche volta ho avuto qualche incidente."

Ero in questi pensieri quando all'improvviso sentii:

"Bene, ora va bene"disse Jenaro entrando nella stanza e, sorpreso, chiese:

"Dov'è la mia collega?"

"E' fuori, qualcuno l'ha chiamata."

"Aspetti qui e non si muova."

"Dove pensa che possa andare? Sono ancora in arresto, ricorda?"

Il poliziotto, senza preoccuparsi di rispondermi, uscì di nuovo, e io mi ritrovai di nuovo solo nella stanza, pensando a quella ragazza.

Dopo quel momento in cui parlammo per la prima volta, tornai lì, in quello stesso posto, tutti i giorni quasi sempre alla stessa ora, all'inizio sembrava una casualità, ma poi si accorse subito che a volte non toccavo nemmeno il caffè, ci andavo solo per lei, finché una sera le chiesi di uscire.

"Sai, ho una regola, non mischio mai il lavoro con il piacere."

"Beh, a questo c'è una soluzione, smetterò di essere tuo cliente e da domani prenderò il mio caffè dalla concorrenza, cosa ne pensi?" Gli chiesi, facendogli l'occhiolino.

Si ravviò i capelli e sorrise, dopo qualche momento di tensione in cui rimasi immobile ad aspettare la sua risposta, disse:

"Hai un appuntamento, non mancare!"

"Niente affatto, sarò qui quando finirai il tuo turno di

lavoro."

"Va bene, e mi raccomando, non devi consumare per vedermi."

"D'accordo!"mi alzai e facendogli l'occhiolino me ne andai con un gran sorriso.

Quando la vedevo venirmi a offrire il caffè il mio cuore batteva all'impazzata, a volte mi mancava persino il fiato, e avevo l'ansia quando per qualche motivo ero impegnato il pomeriggio in qualche attività e non potevo andare a prender il caffè lì.

Tant'è che i miei compagni di studio mi dicevano che mentre il pomeriggio ero insopportabile, nervoso e distratto, la mattina studiavano a proprio agio con me.

Non me ne ero accorto, ma non mi importava molto, il mio unico pensiero durante la giornata era di rivedere quella ragazza, sentire la sua voce e vederla sorridere.

"Bene,"disse Marta rientrando nella stanza degli interrogatori, "voglio i nomi e li voglio adesso."

"Abbiamo un accordo?"

"No, non ancora, il nostro capo ci chiede risultati e non vuole parlare di accordi con un assassino."

"Le torno a dire che avete sbagliato persona, non sono io quello che state cercando, e se volete ascoltare la mia versione completa, deve essere alle mie condizioni."

"In questo momento stiamo cercando di localizzare alcuni

dei suoi amici, grazie al suo cellulare, non sarà difficile per noi mettere insieme i pezzi del puzzle."

"Cosa avete finora?"chiesi, cercando di sapere quanto fossero vicini alla verità.

"Non abbiamo niente, solo supposizioni e un testimone."

"Un testimone!"esclamai sorpreso

"Si, ma ovviamente vuole mantenere l'anonimato, soprattutto perché il defunto è un personaggio pubblico e lei non vuole subire una persecuzione mediatica."

"Lei? E' una donna?"dissi sorpreso, senza aspettarmi una risposta dal poliziotto.

"Bene, ci dirà qualcosa che ci può aiutare o no?"

"No...no...aspetti, ho bisogno delle mie medicine."

"Quali medicine? La scusa non ci è nuova!"

"E' per le crisi epilettiche, le tengo nella tasca sinistra della giacca, posso prenderle?"dissi cercando di alzarmi.

"Non ci pensi nemmeno"rispose indicandomi con la mano di rimanere seduto."Non è in visita, è in arresto. Se non lo abbiamo ammanettato è perché si è presentato volontariamente per testimoniare, ma non credo che debba abusare della nostra pazienza."

"Le sto dicendo la verità, consulti il dottor Brain, è il mio medico di famiglia, è lui che si è occupato dei miei ricoveri in ospedale, può confermarle la mia malattia."

"Ha un aspetto molto sano, spero che non sia una strategia

per evitare di rispondere."

"Le sto dicendo la verità, presto, lo chiami e mi porti dell'acqua, per favore."dissi con respiro affannoso.

Avevo notato un forte aumento di temperatura nella stanza, tanto che avevo iniziato a sudare, ma sapevo sicuro che la stanza no si era riscaldata ma che ero io.

Era passato molto tempo dall'ultima volta che avevo avuto quei sintomi, ma non potevo dimenticare le numerose volte che mi era successo, come in quell'occasione in cui ero appena arrivato a casa e non c'era nessuno, stavo guardando la posta, iniziai a leggere una delle lettere quando cominciai a sentirmi male.

Non so quanto tempo passò dal momento in cui iniziai a sentirmi stanco e col fiato corto fino a quando mi ritrovarono disteso a terra privo di sensi.

Fortunatamente per me, la governante aveva dimenticato qualcosa ed era tornata a prenderla, almeno questo è quello che mi disse quando mi svegliai in ospedale.

Il dottore mi disse che ero caduto e che a causa della caduta e di un colpo alla testa avevo perso conoscenza, ma non ricordavo nulla di quello che era successo, era strano per me.

"Bene, ecco qui la medicina, spero che non ci stia prendendo in giro, il dottore ci ha detto di darle due bicchieri di acqua e di andare a fare un controllo il prima possibile."

disse Jenaro interrompendola.

"Si, si è sempre preoccupato per la mia salute, è una brava persona e si prende cura di me come se fossi di famiglia."

Andai all'attaccapanni dove avevo lasciato la mia giacca, misi la mano in una delle tasche, tirai fuori un piccolo contenitore giallastro con un tappo bianco, lo aprii e mi versai nella mano due piccole pillole bianche, le misi in bocca e poi bevvi dell'acqua.

Aspettai qualche istante appoggiandomi allo schienale della sedia con gli occhi chiusi e dopo un po la sensazione di calore mi passò, i muscoli che avevano cominciato a contrarsi si rilassarono, e mi sentii di nuovo bene.

Il poliziotto, che era rimasto nella stanza pazientemente per vedere cosa facevo, dopo un momento che mi vide già stare meglio disse:

"Beh, è ora che parli."

"Mi dispiace, ma mi sta chiedendo di dirle quello che so senza alcuna garanzia che farete la vostra parte"

"Non possiamo firmare un documento che discolpi qualcuno che potrebbe rivelarsi suo complice."

"Facciamo una cosa, se scoprite che qualcuna di quelle persone che includo nella lista è un complice o è collegato al crimine su cui state indagando, consideri non valido il mio accordo, io le avrò detto quello che so e voi potrete arrestarlo, che ne pensa?"

"Mi sembra che possa andare bene."disse Jenaro, "Lo vuole per iscritto?"

"Si, certo"confermai.

Detto questo, uscì dalla stanza lasciandomi di nuovo lì, lasciandomi il tempo di pensare al mio grande amore Gloria, che avevo scoperto per caso mentre bevevo una tazza di caffè, e che avevo perso proprio a causa sua.

Non so come o perché, ma di tanto in tanto si lamentava che non la ascoltavo mentre mi parlava, cosa che non mi era mai successa prima, o se fosse successo nessuno me lo aveva fatto notare prima, ma inizialmente credeva che fosse una specie di gioco da parte mia.

All'inizio mi faceva notare con tono scherzoso il modo in cui mi distraevo e il fatto che non reagivo, però poi si arrabbiava per la stessa cosa, e di tutto   questo   non sapevo quando e per quanto tempo fosse successo

La relazione andava, non so come dirlo, bene all'inizio, ci vedevamo poco, poi abbiamo iniziato a uscire, le lamentele da parte sua sono aumentate, e si è trasformata in una situazione piena di tensioni, perché secondo quanto mi diceva non si divertiva affatto, e per quanto io cercassi di spiegarmi, insisteva nel dire che non credeva più alle mie scuse.

"Bene, ecco il documento" disse Jenaro, entrando qualche minuto dopo accompagnato da Marta.

"Ora vogliamo che tu ci dica tutto con calma, e

dettagliatamente."disse Marta.

"Da dove volete che inizi?" chiesi dopo aver firmato l'accordo che avrebbe dato l'immunità a tutti quelli che avevo inserito nella lista.

"Mi faccia vedere" disse Marta prendendo il primo foglio dell'accordo, lasciando la copia per me sul tavolo

"Sono coinvolte così tante persone?"commentò stupito il primo poliziotto dopo aver visto la lista delle persone che avevo incluso.

"Tutte queste persone hanno una relazione con me e con il caso e sono quelle che ho protetto con questo accordo in modo che non possano essere incolpate di nulla.

"A meno che non scopriamo che uno di loro ha partecipato all'omicidio" sottolineò Jenaro "perché se cosi fosse, siano essi gli autori materiali o le menti, sarebbero esclusi da questo beneficio."

"Detto questo Jenaro uscì con la lista mentre Marta rimase nella stanza e mi disse:

"Un paio di nomi nella lista mi sembrano familiari, questo è di sua moglie".

"La mia ex moglie"feci notare subito.

"Mi parli di lei."mi chiese Marta.

"Riguardo a Gloria, la mia ex, non ho molto da dire. Ci siamo conosciuti alla caffetteria dell'università quando studiavamo economia. A quel tempo ero bravo a rugby e avevo preso una borsa di studio all'università, mentre lei doveva pagarsi le lezioni servendo in una caffetteria del campus. Dopo un ragionevole lasso di tempo di quasi un anno che uscivamo insieme, ci siamo sposati, nonostante non avessimo ancora preso la laurea. Ci era sembrata un'ottima idea, e presto abbiamo completato la nostra felicità con la nascita di nostro figlio, che è nato ancor prima del nostro primo anniversario di matrimonio. Lasciò gli studi per prendersi cura del nostro bambino, sa, non si può fare tutto insieme. E anche se all'inizio aveva cercato di studiare di notte per recuperare le lezioni, non ce la fece e dovette abbandonare."

"A quel tempo avevo un'impresa immobiliare emergente, quindi era facile per noi trovare una buona casa a buon prezzo, così ci siamo trasferiti rapidamente e abbiamo iniziato la nostra vita di coppia."

"Un lieto fine, vedo."disse Marta.

"Esatto, sembrava tutto perfetto, nei primi anni l'attività immobiliare andava sempre meglio, Ho finito gli studi e ho iniziato ad avere maggiori responsabilità all'interno del settore immobiliare. Mio figlio stava crescendo e quando ha iniziato ad andare a scuola sono iniziati i problemi con mia moglie."

"Non so bene perché, credo fosse il rivedersi di nuovo avere tutto quel tempo libero a farla amareggiare, si sminuiva per non aver terminato gli studi, e per non avere un lavoro, la annoiavano le faccende domestiche e non trovava qualcosa con cui passare il tempo. Abbiamo assunto una domestica per le faccende di casa che lei aveva cominciato a trascurare, ma la situazione non è migliorata nonostante le avessi detto che non poteva continuare così e che doveva fare qualcosa mentre il bambino era a scuola, ma non si decideva nemmeno a uscire di casa. Finché un giorno ha ripreso i contatti con una sua vecchia amica del liceo. Io non la conoscevo e a dir la verità non mi importava conoscerla. Era una di quelle persone travolgenti, che hanno bisogno dell'apprezzamento di tutti, che vogliono controllare tutto, e che impongono le loro idee al resto."

"All'inizio sembrava una benedizione scesa dal celo, perché incoraggiava mia moglie ad uscire, e lei sembrava si stesse riprendendo, non stava più sdraiata ad aspettare il pranzo, ma entrava e usciva liberamente, a volte mi raccontava dove andava e altre no, ma ero tranquillo perché la vedevo felice, e questo mi bastava.

A poco a poco si è allontanata, stava sempre meno a casa, che sia stato per uno spettacolo, un concerto, poi una conferenza, un corso di un fine settimana, un seminario in un altro stato, una vacanza al mare..."

"Cedevo e acconsentivo a tutto, visto che era quello che voleva, o almeno così pensavo, mi ci è voluto molto tempo per rendermi conto che si lasciava trasportare dalla sua amica, e che era a lei che venivano quei capricci improvvisi di fare una cosa o l'altra, non importa quanto costasse, dato che ero io a pagare tutto.

"Non so come l'abbia convinta, ma in poco tempo diventarono inseparabili, e arrivò perfino al punto di dire come avremmo dovuto gestire la casa, dove iscrivere il bambino e perfino se avesse dovuto cambiare lavoro, e tutto perché lo diceva la sua amica. Una volta ho dovuto cacciare di casa la sua amica quando iniziò a discutere a voce alta con me riguardo alla cattiva educazione di mio figlio, perché non avremmo dovuto lasciarlo andare in una scuola pubblica dove poteva interagire con altri bambini della sua età, ma in quella scuola privata tanto esclusiva, secondo lei. Fu un grosso errore da parte mia, perché non appena buttai fuori la sua amica, mia moglie si diresse in camera nostra, prese una valigia e si precipitò all'uscita dicendo:

"Lei mi aveva già avvertita, me lo aveva detto."

"Aprì la porta e prima di richiudersela dietro disse "Sappi che questa è l'ultima volta che mi vedi, avrai mie notizie dal mio avvocato". Infatti da allora non l'ho più vista, né lei, né la sua amica.

"E quindi?"disse Marta "cosa ha a che vedere con il caso?"

"Assolutamente niente, è quello che sto cercando di dirle. È nella lista solo perché è stata sposata con me, nient'altro."

"Beh ma sa anche che dobbiamo indagare su tutti quelli che fanno parte della lista e controllare i dati che ci fornisce, il mio collega è appena andato a farlo, quindi se ci mente lo sapremo e agiremo di conseguenza."

"Si lo so, non vi preoccupate vi sto dicendo tutto."

"Bene, e quest'altro chi è?"disse indicando il secondo nome della lista.

"Questo è un agente dell'FBI che ha indagato su di me per un po', aveva dei sospetti su di me e ha deciso di seguirmi."

"Ha il suo numero di telefono? Se è un collega, anche se di un altro corpo, deve essere informato sui progressi che facciamo nel caso."

"Non vuole sapere come l'ho conosciuto?"

"Si, certo, dopo che mi ha dato il numero però."

"Ce l'ho sul cellulare"dissi, indicando la giacca.

"Lo cerchi" ordinò Marta "non tutti hanno sul cellulare un numero di un agente dell'FBI."

"Lo so, e mi creda non è qualcosa di cui vado fiero, ma le circostanze lo richiedono."

Mi alzai e frugai in una delle tasche della giacca da cui tirai fuori il cellulare, cercai nella lista dei contatti e quando trovai il numero gli misi davanti il cellulare in modo che potesse vederlo.

"Mi dica" sollecitò Marta mentre annotava il numero di telefono.

"E' stata una sorpresa. Stavo scendendo per strada e una macchina mi si mise davanti e dovetti frenare bruscamente. Due persone in giacca scesero dall'auto e mi puntarono le armi contro."

"Non mi aspettavo niente di tutto questo, non sapevo come reagire, e proprio lui mi mise a terra, a faccia in giù e mi ammanettò."

"Allora sa come funziona!"disse Marta con un sorriso beffardo.

"Con mio dispiacere lo so. Continuando, poi mi hanno portato in una stanza degli interrogatori molto più grande di questa, con una telecamera che registrava tutto ciò che io dicevo e mi hanno interrogato per giorni."

"All'inizio non capivo bene il perché di quell'azione, finché non ho scoperto che stavano rintracciando i fondi di un magnate che portavano fino a me."

"Non capisco! Qualcuno le ha dato dei soldi?" chiese Marta avvicinandosi a me.

"Al contrario, avevano scoperto che ero io che stavo dando dei soldi a una persona che non figurava su nessuna carta."

"E cosa hanno a che fare con lei?Perché stavano indagando su di lei?"

"Non lo facevano. Stavano controllando i conti di un partito politico, dove entravano gradi somme di denaro e le loro traccie portavano a me."

"Era lei a dare quei soldi?"

"Questo è ciò su cui indagavano. Dal momento che tra la persona che ha ricevuto i soldi nel partito e me, che presumibilmente li ho dati, c'era qualcuno, colui che volevano catturare, per un possibile reato di corruzione o ricatto. Non lo sapevano e volevano delle spiegazioni."

"E cosa gli ha detto?"

"Dissi loro ciò che sapevo, che non ero io a gestire le mie finanze, poiché avevo assunto una società di consulenza affinché si occupasse della contabilità, dato che la mia attività in quel momento era cresciuta di molto e avevo diverse filiali in diversi stati, e qualsiasi uscita di denaro doveva essere giustificata."

"E lo fecero?"

"Si, certo, dopo avermi rilasciato senza accuse in quell'occasione, mi fecero diverse visite, in modo che potessi dargli maggiori indizi su quel caso, poiché avevo esaminato fino all'ultima fattura e non avevo trovato la causale dell'uscita di quell'importo, né il destinatario."

"E diventaste amici per questo?"chiese Marta in tono sospettoso.

"Amici? No, solo che dopo diverse visite mi diede il suo numero di telefono, nel caso mi fossi ricordato di qualcosa, o se potevo dargli altri indizi a riguardo, tutto sotto la minaccia di un possibile reato di ostruzione alla giustizia se avessero scoperto che sapevo più di quanto avevo detto.”

“E gli aveva mentito?” chiese Marta incuriosita.

“Questo è qualcosa di cui l'FBI non ne è a conoscenza, li chiami e vedrà.”

“Lo faremo, senza ombra di dubbio, come le ho detto tutti quelli nella lista saranno indagati e se, come dice lei, non hanno nulla a che fare con il caso, avranno l'immunità che le abbiamo promesso.”

Capitolo 6. Il dottor Brain

"Bene dottor Brain, apprezziamo molto il fatto che lei abbia trovato un buco nella sua agenda per noi,"disse Marta entrando nel suo ufficio.

"Mi era stato detto che era urgente, e ho preferito ricevervi nel mio ufficio, in modo da potervi mostrare i file dei miei pazienti, se necessario."

"Vogliamo conoscere solo quello di Liam"affermò Marta, guardando lo scaffale di oggetti medici antichi che teneva come un piccolo museo in una teca di vetro.

A dire il vero non erano molti, ma sembrava che avessero circa cento anni o più, ovviamente nessuno era di uso quotidiano, poiché alcuni si stavano disgregando, e altri erano di un colore quasi verdastro; ma sembravano tutti importanti, almeno per lui, poiché occupavano la parte centrale del mobile.

"Perché il suo? È coinvolto in qualcosa? Ero già sorpreso quando qualcuno della polizia mi ha chiamato l'altro giorno chiedendomi se il signor Liam ricevesse qualche cura per la sua malattia, ma non credevo potesse essere grave" rispose il dottor Brain mentre si alzava e si dirigeva verso la porta.

"Sono stato io" disse Jenaro "L'abbiamo chiamata perché non eravamo sicuri se stesse mentendo sulla sua malattia."

Ad un certo punto uscì dalla stanza senza dirci nulla, ed

entrambi lo seguimmo, sorpresi. Si recò dalla segretaria, che stava alla porta dell'ingresso della clinica e disse:

"Buongiorno Rosita, ho bisogno che mi porti in ufficio, quando puoi, la scheda del signor Liam. Non ricordo il suo cognome, ma puoi cercarla?"

"Certo dottore, gliela porto tra un attimo" disse la donna, che ci aveva accolti così gentilmente al nostro arrivo e ci aveva fatto aspettare in una stanza adiacente finché il dottore non si fosse liberato."

Detto questo, tornammo nel suo ufficio e il dottor Brain, sedendosi al suo posto ci invitò a fare lo stesso, indicandoci le sedie davanti alla sua scrivania.

Il dottor Brain iniziò a digitare qualcosa ignorandoci per un momento, e una volta tolti quei minuscoli occhiali lasciandoli appesi ad un cordone d'argento, disse:

"Il signor Liam? Bene, di lui posso raccontarvi che è un paziente esemplare, fin dai primi ricoveri in ospedale, fino a quando abbiamo scoperto la malattia di cui soffriva, e ha sempre lottato per recuperare una vita normale, senza crisi epilettiche, si recò perfino a Cuba per provare un farmaco sperimentale del dottor Andrés"commentò mentre giocava con quei minuscoli occhiali facendoli girare.

"Chi è il dottor Andrés? Può darci il suo indirizzo?"chiese Jenaro, al quale non sfuggiva nessun dettaglio.

"Ah si, certo, è un medico dell'Avana, che lavora con

trattamenti sperimentali con pazienti che non hanno speranza, malati cronici, affetti da HIV, o che soffrono di una malattia la cui cura non è nota. Da più di trent'anni da speranza a casi senza soluzione, per questo studia nel dettaglio ogni paziente e somministra il trattamento sperimentale più adatto alle sue esigenze."

"Come fa a sapere così tante cose di lui?"chiesi, mentre mi sedevo su una di quelle sedie, vedendo che Jenaro restava in piedi davanti alla porta.

"Beh, perché sono stato io a mettere in contatto il signor Liam con lui, per vedere se poteva fare qualcosa per aiutarlo, e una volta accettato gli ho inviato la sua storia clinica, in modo che potesse conoscere i test e i trattamenti che aveva eseguito fino ad oggi, e ci teniamo periodicamente in contatto in quanto sono io a seguire i suoi progressi, controllando che non compaiano effetti collaterali e convalidando così l'efficacia del farmaco."

"Com'è?"chiese Jenaro mentre si sedeva accanto a me.

"Ha sviluppato un farmaco specifico per il disturbo di Liam, che stava lì, a Cuba, durante i primi tre mesi di cura, periodo durante il quale era sotto osservazione per verificare se il corpo rigettava o meno quella sostanza, dopodiché, vedendo gli effetti positivi, lo dimise e lo rimandò a casa. Di tutto questo ne ero al corrente perché mi passava delle relazioni periodiche che mi avrebbero permesso di proseguire una volta che il paziente fosse tornato alla mia consultazione."

"Le pillole sono per tutta la vita?"chiese Jenaro prendendo appunti.

"Si, è cosi, ma bloccano l'attacco dal momento in cui le prendi, ma che io sappia non ne ha avuti più, ed è quasi un miracolo con la sua malattia."

"Mi spieghi bene, lei che ruolo ha?"chiesi, sperando che mi fornisse maggiori informazioni sul caso.

"Quando il signor Liam è tornato, il dottor Andrés mi ha fornito tutta la documentazione affinché le capsule potessero esser prodotte qui con le indicazioni in termini di quantità, di somministrazione. Ero anche responsabile del monitoraggio e della supervisione del processo di recupero del paziente, per questo mi sono impegnato a effettuare periodicamente dei test esplorativi per verificare che il trattamento funzionasse."

"E funziona?"chiese Jenaro alzandosi dalla sedia e dirigendosi verso la vetrina che stava a un lato dell'ufficio.

"Almeno nel suo caso si. Non so quanti pazienti con questa malattia abbia già curato il dottor Andrés, ma quando ne avrà un numero sufficiente lo presenterà alla comunità scientifica o ad una casa farmaceutica per vendere il brevetto."

"E queste pillole, sa se hanno qualcosa di strano?"chiesi per saperne di più su quello che gli somministrava.

"Niente affatto. Sono tutti prodotti naturali combinati per dare un effetto sedativo e rilassante."commentò rilasciando gli occhiali dalla mano e alzandosi.

"Come un tiglio?"chiese Jenaro mentre osservava attentamente quegli oggetti antichi.

"Si, ma con effetti quasi immediati. Pochi secondi dopo la somministrazione non si avverte più la tensione che si verifica prima di un attacco, che tecnicamente si chiama aura."

"Quest'aura, cos'è?"chiesi, non ricordando di aver sentito prima quel termine.

Il dottore si diresse verso il mobile, prese uno dei libri dalla vetrina, lo guardò brevemente e poi lo mise nelle mie mani, aperto su una pagina che parlava dell'epilessia e disse:

"Si tratta di uno stato preesistente dell'organismo, di aumento della tensione, in cui si può perdere conoscenza, e che può portare alla caduta del paziente con conseguenti lesioni alla testa, alle spalle o alle braccia."

"E quell'aura si produce sempre?"chiese Jenaro mentre si avvicinava per vedere il libro che il dottore mi aveva messo tra le mani.

"Questa aura, in alcuni casi precede la crisi epilettica, se il paziente, e in questo caso il signor Liam, prende le sue medicine in quel momento, impedisce che il processo si concluda e la crisi epilettica non si manifesti."

"Quindi è dipendente dal farmaco?"

In quel momento mi ricordai tutte le volte che abbiamo dovuto vedere come giovani apparentemente sani sono diventati dipendenti da una droga o un'altra e questa ha distrutto letteralmente la loro vita, ma forse la cosa più sorprendente, almeno per me, è vedere come questa dipendenza non si sviluppa esclusivamente verso la droga ma anche verso i farmaci, quelli che dovrebbero apportare benefici al paziente. Una strana situazione in cui una persona sviluppa una dipendenza che in realtà non vuole. né ha cercato.

"Non lo è, non è una droga sostitutiva di qualche elemento che il tuo cervello non produce, non ha nemmeno effetti piacevoli. E' semplicemente un rallentatore, un calmante specifico per evitare gli attacchi, Se non lo assumesse potrebbe continuare la sua vita normale e gli attacchi tornerebbero."

"Vorremmo vedere la cartella del signor Liam per favore?" disse Jenaro guardando il suo orologio in segno di fretta.

"Bene, seguitemi pure"

Detto questo, il dottore si alzò, uscì dalla stanza e tornò alla reception.

"Rosita, queste persone hanno fretta. Dov'è il file che ho chiesto?"

"Scusi dottor Brain, ma ho dovuto prendere degli

appuntamenti, mi segua" disse mentre lasciava il suo posto e si avviava lungo il corridoio verso una stanza, aprendo poi la porta, accese la luce e disse:

"Scusate il disordine, ma ho avuto molti pazienti ultimamente, lasciatemi guardare, sì, ecco la sua cartella clinica"disse indicando un angolo dove c'erano tre cartelle in cima a un armadio che erano così piene che sembrava stessero per esplodere da un momento all'altro.

"Questo è tutto?"chiese Jenaro in tono derisorio.

"Ho il file riassuntivo sul pc, dove sto facendo le annotazioni dell'intero processo, così come un riepilogo dei risultati dei test periodici."disse il dottor Brain. "Volete che ve li stampi?"

"Si , perché no? Più documenti abbiamo meglio è, solo per rivedere tutti questi impiegheremo una settimana."

"Ve li stamperò, anche se ancora non capisco cosa del signor Liam possa interessare la polizia? Cosa ha fatto?"

"Questo è confidenziale. Lei sa meglio di chiunque altro cosa vuol dire mantenere il segreto professionale, non possiamo dirle niente, solo che se il signor Liam risulterà innocente presto potrà fare altri test su di lui."commentò brevemente Jenaro.

Detto questo, prendemmo i fogli che il dottore ci aveva stampato insieme alle cartelle dei referti medici e ci avviammo verso il commissariato.

Capitolo 7.Viaggio a Johannesburg

Ricordo ancora le ore che abbiamo passato su quell'aereo, che sembrava quasi una scatola di sardine. Non so come Jenaro abbia sopportato di stare tante ore seduto, perché a me sembravano infinite, ma quando gliel'ho detto mi ha risposto:

"Non è il viaggio più lungo che abbiamo fatto finora, E' solo un volo di 12 ore."

"Solo?Ti sembrano poche?"dissi per protestare.

"No, voglio dire che ci sono volute circa 9 ore per il Canada, ma per l'Australia, tra una cosa e l'altra abbiamo impiegato quasi 24 ore."

"Non mi parlare di questo viaggio, lo ripeto ancora. E i problemi che abbiamo avuto all'aeroporto in Inghilterra, che quasi non ti permisero di salire a bordo."

"E' vero!" disse Jenaro "e tutto perché mancava il mio secondo nome sulla prenotazione, e ho presentato loro anche il visto, ma nonostante ciò non volevano darmi i biglietti d'imbarco."

"Si, meno male che ho insistito, altrimenti saremmo rimasti lì!"

"No, questo no, tu saresti potuta andare. Il tuo biglietto andava bene."

"E cosa avrei fatto da sola in Australia? E, inoltre, senza capire l'inglese!."protestò Marta.

"Menomale che alla fine la responsabile della compagnia acconsentì, dopo aver insistito molto."

"Si, grazie al cielo, perché era l'ora della sua pausa pranzo, e se non l'avessimo capito in quel momento, quando sarebbe tornata dal pranzo avremmo già perso l'aereo".

"E le corse che abbiamo fatto quando ci hanno dato il biglietto per arrivare al gate d'imbarco, ricordi?"

"Certo che mi ricordo!"disse Marta "Ma le corse che abbiamo fatto per prendere il volo dall'Argentina, quando siamo arrivati all'aeroporto al Terminal 1 e abbiamo dovuto cambiare, avevano messo la porta d'uscita all'altro angolo del Terminal 4 di Madrid! Mi è salito quasi il cuore in gola, quando finalmente siamo arrivati alla porta c'era una coda enorme e abbiamo dovuto aspettare quasi mezzora per entrare."

"Si, tanto correre per niente!"commentò Jenaro.

"Lascia stare, meglio così! Eravamo già alla porta e dovevamo solo entrare. Riuscite a immaginarvi se l'avessimo perso? E chi lo avrebbe sentito il capo, per come la pensa su queste cose!"

"Beh, non credo sarebbe successo niente! Sicuramente la settimana successiva ci sarebbe stato un altro volo."

"Con la vergogna di esser tornati senza aver fatto il nostro lavoro? Lascia stare, non voglio nemmeno pensarci!"

Stavamo parlando mentre dall'aeroporto andavamo all'hotel di Johannesburg prendendo un taxi. Fortunatamente Jenaro ha imparato l'inglese, perché per me era ancora difficile comprendere la lingua.

Non mi è piaciuto molto quel viaggio, anche se avevo visto un documentario per scoprire dove stavo andando. Non mi piaceva molto il fatto dei safari e di avvicinarsi ai leoni per scattargli delle foto. Non mi dispiacerebbe vedere altri animali come giraffe o zebre, ma in quei luoghi era impossibile sapere che tipo di animali avresti incontrato durante il safari.

Nonostante il tassista sia stato molto gentile e abbia cercato di intraprendere una conversazione, sia io che Jenaro eravamo molto stanchi per il viaggio, quindi gli abbiamo parlato a malapena, e quel paesaggio era totalmente nuovo.

Anche se si trova lì accanto, sono state poche le occasioni in cui siamo andati in Africa, tranne che per qualche lavoro; ma è un continente così vasto, e diversificato nelle sue culture e tradizioni, che non sapevo cosa aspettarmi.

Jenaro, giorni prima, mentre preparava le cosa da portare per il viaggio, mi disse:

"Non credo che abbiamo bisogno di vestiti pesanti, porta molte camicie, così possiamo cambiarci ogni volta che ce n'è bisogno."

Pensavo stesse esagerando, lo ascoltai con riluttanza, e invece era proprio così! Quando arrivammo faceva un caldo come se fosse estate, e siamo andati a settembre, e come in Australia, hanno un clima mutevole, come quando a Siviglia è autunno e qui primavera.

"Guarda quanta gente!"disse Marta appena arrivata.

"Benvenuta in Africa!"le commentò Jenaro con un sorriso.

A me quella situazione non ispirava troppa fiducia, sapevo che quando viaggiamo siamo turisti, ma lì ci distinguevamo troppo! Tutti erano di colore tranne noi, come si aspettava il capo che ci mescolassimo alla gente senza far insospettire nessuno?

Non riesco a immaginare una situazione in cui fossimo talmente evidenti, per quanto ci vestissimo, mangiassimo e addirittura parlassimo come loro, ovunque andavamo ci guardavano come estranei, come "bianchi" che si erano persi in città. Per fortuna il capo aveva organizzato tutto e in albergo ci aspettava una coppia di poliziotti che sarebbero stati il nostro contatto in città.

A vole siamo fortunati quando viaggiamo con dei posti a sedere spaziosi, altre volte invece ci toccano dei posti stretti, e purtroppo è stato così quando siamo tornati da Johannesburg.

Avevamo fatto il nostro lavoro, catturare e arrestare il sospetto che , stranamente, non aveva nemmeno tentato di scappare, anzi, aveva collaborato a tutto ciò che gli era stato richiesto, un atteggiamento insolito nella nostra professione, in cui abbiamo sempre difficoltà a localizzare i criminali, e ovviamente, dopo devono dire la verità.

Numerose volte abbiamo sentito dire che non era stato lui, o che non si trovava nel luogo in cui è avvenuto il delitto, ma oggi in quasi tutti i luoghi c'è una telecamera che, fortunatamente per il nostro lavoro, smaschera i criminali.

Questa persona invee ci facilitò le cose dal primo momento, non aveva cambiato hotel dopo l'evento, né aveva usato un nome falso, nemmeno un numero di telefono locale per evitare di essere rintracciato.

Verrebbe da pensare che non solo non gli importava che lo avessimo trovato, ma che potesse essere già pronto per questo, lo dico per l'accoglienza che abbiamo avuto, in cui quando siamo entrati nella stanza aperta dal personale dell'hotel abbiamo trovato lui tranquillamente seduto ad un angolo del suo letto e senza opporre resistenza ha gentilmente risposto a tutte le nostre domande, mentre ci lasciava esaminare i suoi effetti personali che erano in due valigie aperte.

Abbiamo visto, chiesto e perquisito dappertutto ma non abbiamo trovato nulla, ma avevamo degli ordini precisi, quindi l'abbiamo trattenuto.

"Sono sorpresa dal fatto che non ci abbia nascosto nulla. E' stato un criminale molto insolito" commentai.

"A chi lo dici! Se fossero tutti così ci faciliterebbero il nostro lavoro! Non mi era mai capitato di non dover correre dietro a qualcuno!"

"Non lamentarti visto che il compito più difficile che svolgo è quello di rintracciarli, non importa quanto si nascondano bene"

"Si, lo so, senza sarebbe difficile"esclamò Jenaro.

Ricordo ancora un altro viaggio, era tardi quando arrivammo all'aeroporto e dopo aver ritirato le nostre valigie prendemmo un taxi, che ci portò attraverso quel flusso costante di veicoli per le strade strette affollate di viandanti che si rifiutavano di rinchiudersi nelle loro case dopo il tramonto.

Forse i più audaci, come è sempre stato, i giovani, che lungi dal vedere il potenziale pericolo della situazione, preferiscono proprio le ore in cui la città è esclusivamente per loro, alla larga da turisti e gente del posto che riposavano tranquillamente nelle loro case. Riuscivo a malapena a distinguere qualcosa dal sedile del passeggero oltre le luci dei veicoli circostanti, quando dal sedile posteriore mi indicarono:

"Guarda, il mare, lì a destra"

Subito mi voltai, e vidi con ammirazione come da dove eravamo si estendeva il lungomare, e dietro di esso un braccio di mare dove galleggiavano barche e chiatte,e dietro di loro si estendeva come in un sogno una grande fortezza, ben illuminata, imponente e maestuosa, di pietra bianca immacolata, che si innalzava quasi dal livello dell'acqua fino al cielo.

"E' li che stiamo andando?"chiesi stupita.

"No, quella è solo la fortezza con la quale si proteggeva la cittadella, noi stiamo andando verso un luogo più protetto e inaccessibile."

A dire il vero ogni viaggio aveva, non so come dirlo, la sua magia, e per fortuna il capo aveva una predilezione per noi quando ci assegnavano i casi che richiedevano di recarci all'estero, tanto che a volte in un anno abbiamo passato più tempo fuori che a Siviglia.

Ma fortunatamente non siamo sempre andati in paesi anglofoni, come quando siamo andati in Messico, ma in questa occasione per motivi di formazione sui nuovi sistemi di protezione personale che volevano acquisire alla stazione di polizia non fecero altro che mandarci a valutare i diversi modelli e fummo noi a scegliere quello che era più utile per il nostro lavoro.

Il viaggio era stato un po faticoso nonostante fossero sei ore di viaggio, altre volte avevamo attraversato l'Atlantico e quando lo facevamo di notte non mi accorgevo nemmeno del viaggio, ma in questa occasione ero partito al mattino e il sole ci aveva accompagnati lungo tutto il viaggio.

Per fortuna che i finestrini dell'aereo erano chiusi e le luci della cabina di pilotaggio erano spente, quindi non si notava quasi che fuori fosse giorno, nonostante questo non sono quasi riuscita a dormire, dato che il mio corpo non era abituato a farlo durante il giorno, mentre Jenaro ha trascorso la maggior parte del volo dormendo. Invece, quando arrivammo, erano appena le tre del pomeriggio e restavano ancora poche ore di luce, morivo dal sonno, visto che a causa del fuso orario avevo bisogno di dormire diverse ore, e invece mi misi a ritirare le valigie, cercare l'uscita e prendere un taxi per l'hotel, dove saremmo rimasti per la prossima settimana.

Nonostante non avessi fatto troppi preparativi per questo viaggio visto che era solo per la formazione, avevo riempito una valigia per ognuno, oltre alla mia valigetta dove portavo il portatile e i miei documenti.

"Forse ho portato troppi vestiti!"dissi, sentendo una ventata d'aria calda appena uscito dall'aeroporto.

Mi successe perché non sapendo come sarebbe stato il tempo, avevo portato sia maglioni che magliette leggere, e ora notavo che né il maglione ne l'impermeabile sarebbero serviti.

"Non preoccuparti, dicono che qui il tempo sia mutevole."commentò Jenaro mentre si avvicinava al parcheggio degli autobus.

Mettemmo le valigie nel bagagliaio e salimmo sull'autobus che ci avrebbe portato al centro della città, il che ci permise di contemplare il percorso che stavamo facendo.

A dire il vero sembrava che non piovesse da mesi, poiché i veicoli parcheggiati nei villaggi che attraversammo per andare dall'aeroporto alla città erano pieni di polvere, alcuni da molto tempo, il che mi fece dedurre che lì non pioveva troppo.

Inoltre dedussi che se avesse piovuto non avrebbe potuto fare quel caldo quasi soffocante a cui stavo appena iniziando ad abituarmi, e di cui Jenaro stranamente non si lamentava.

La permanenza in hotel fu breve il primo giorno, appena arrivati cercai qualcosa da mangiare e dopo aver chiamato per dire che andava tutto bene andammo a dormire, visto che anche se era relativamente presto in questo paese, da dove venivamo era notte fonda.

Questo è ciò che comporta il jet lag, si impiegano diversi giorni prima che il tuo orologio interno si adatti a quello del luogo in cui ti trovi, e questo è decisamente l'aspetto peggiore dei lunghi viaggi.

Stranamente, e nonostante la stanchezza, mi svegliai nel cuore della notte, verso le tre del mattino ora locale, e non so perché non riuscii più a dormire, quindi mi alzai e colsi l'occasione per rispondere ad alcune mail, quando vidi sul portatile che erano già le dieci del mattino nel mio paese. Feci tutto ciò cercando di non svegliare Jenaro, che non so come abbia fatto, ma sembrava assorto in un sonno profondo.

Adesso capisco perché non riuscivo più a stare a letto! Non sono mai rimasta a letto fino a quell'ora, nemmeno nei fine settimana o nei giorni festivi, il più tardi sono state le otto e mezza o nove. Ma ora con questo cambio di località, guardavo fuori della finestra dell'hotel e vedevo la notte buia e nessuno per strada, nonostante stessi cominciando a sentire la smania di fare colazione, ma in quel momento non ci sarebbe stato nulla di aperto, neanche la caffetteria dell'hotel.

Guardai tra le mie cose e trovai una di quelle barrette che chiamano energetiche, che non sono né più né meno di un "togli fame", e con cui ho calmato il mio bisogno nascente.

Quando ebbi finito di rispondere ad alcune e-mail provai a rimettermi a letto, dato che erano le cinque del mattino, ma nonostante tutto, e dopo essermi girata tante volte, tornai ad alzarmi.

Non riuscivo ad addormentarmi, nonostante mi rendessi conto di aver dormito solo poche ore quella notte, ma il mio corpo sembrava seguisse ancora l'orario del mio paese, quindi era come trovarsi a mezzogiorno a letto.

Mi alzai di nuovo, feci una doccia e mi preparai per uscire, eppure erano appena le sei del mattino.

In tutto ciò Jenaro si svegliò, non so se per il rumore della doccia o per cosa, ma non si poteva più fare nulla, così cogliemmo l'occasione per guardare i notiziari del mattino per passare il tempo, visto che avevamo una riunione programmata per le dieci circa del mattino e non volevamo arrivare troppo presto.

Com'era diverso tutto! Anche se le notizie mantenevano quei toni negativi e persino pessimisti del mio paese, invece di parlare di politici corrotti e di diritti dei lavoratori insoddisfatti, parlavano di omicidi e rapimenti.

Questo fu qualcosa che mi inorridì, dal momento che capii che, sebbene potesse rappresentare una realtà, non aveva molto senso esibirla all'opinione pubblica, almeno non in modo così esplicito, anche se suppongo che avesse senso per i suoi abitanti.

L'impressione che ebbi fu di sicurezza, anche se come in tutte le città ci sono zone che è sconsigliato visitare soprattutto in certi orari, e ovviamente, "le paure"si possono avere in tutti i paesi, dove cercavamo di uscire solo finché c'era il sole, cosa che non mi importava molto poiché non eravamo di quelli a cui piace stare alzati fino a tardi.

"Benvenuto, mi dica!"

"Buongiorno, vorrei sapere a che ora è possibile visitare l'Ospizio Cabanas.

"Mi dispiace signora, oggi non sarà possibile visitarlo dato che è chiuso perché è lunedì , sarà possibile visitarlo domani se lo vorrete e anche gratuitamente, per il resto della settimana costa circa settanta pesos.

"Grazie mille"dissi prima di riattaccare.

Non era un grosso imprevisto perché non avevamo fretta ma ci avevano consigliato che quando saremmo ritornati in questa città non avremmo potuto non visitarlo.

Non appena riattaccai, cercai nella mia agendina il nome di Daisy per poter fissare un appuntamento. Era figlia di madre islandese e padre messicano. Quindi ha mantenuto la sua doppia nazionalità, cosa che le ha reso facile viaggiare senza problemi.

Ci eravamo conosciuti in uno di quegli incontri organizzati periodicamente dalle istituzioni, che a volte includono discorsi motivazionali, altre volte testimonianze anche accademiche, ma tutti interessanti per i partecipanti.

In un'occasione mi era stato chiesto di partecipare a uno di questi eventi nella capitale del mio paese, ma a causa di problemi di agenda non ci sono potuta essere.

Ricordo quell'occasione in cui stavo assistendo a uno di questi eventi all'Università di Guadalajara, e ad un certo punto sono dovuta uscire per rispondere a una chiamata, e quando stavo per rientrare nella stanza la incrociai che usciva.

"Qualcosa non va?"le ho chiesto quando l'ho vista con una faccia preoccupata.

"No, niente , solo le cose non vanno come mi

aspettavo"rispose senza nemmeno alzare la testa mentre osservava attentamente qualcosa sullo schermo del suo tablet.

Beh, è normale, ci sono giorni migliori e giorni peggiori", conclusi procedendo per entrare nella stanza.

"Si, si, ma quando hai messo così tanto impegno e dedizione in qualcosa, ti senti frustrata dal fatto che non vada bene."rispose mentre alzava la testa e mi guardava negli occhi con un sorriso forzato.

"Vedrà che non succederà la prossima volta, si impara dagli errori che ci permettono di migliorare noi stessi."

"Certo, ma quando dipende dagli alti, a volte è frustrante perché non sai come andrà a finire. A proposito, io sono Daisy."si presentò tendendo la mano.

"Piacere!"dissi, dandogli due baci, uno su ogni guancia, ma quando stavo per darle il secondo, prima che potessi darglielo aveva ritirato il viso lasciandomi un po sorpresa.

"Ah, lei è europea!" disse velocemente

"Si, come fa a saperlo?"chiesi, sorpresa.

"Beh, perché ha cercato di darmi due baci, qui non è abituale, si da solo un bacio."

"E da dove vengo sono due."confermai.

"E cosa ci fa qui, così lontano?"chiese incuriosita.

"Beh, siamo venuti qui ad incontrare delle persone per discutere di un affare, ma una volta terminato l'incontro vogliamo goderci qualche giorno in città prima di rientrare."

"Per quanto tempo si ferma?"mi chiese di nuovo.

"Solo altri cinque giorni circa"risposi tirando fuori la mia agenda e controllando per essere sicura delle date.

"E conosci già le cose più importanti della città?"

"No, siamo qui da soli due giorni e ci siamo mossi solo in taxi, dato che non conosciamo le strade."

"Beh, questo accade in qualsiasi città visiti per la prima volta, ma se ha tempo e voglia, oltre a visitare il centro storico e alcuni musei della città la invito a scoprire il nostro più grande tesoro, l'agave."

"Cosa?"

"Come, non sa cos'è l'agave?"

"No, siamo atterrati solo pochi giorni fa ed è la prima volta che sento questa parola."

"Questo perché non si è preparata bene per il viaggio."

"Come dice?"

"Se avesse letto qualcosa su Guadalajara, sulla sua storia, avrebbe saputo che l'agave è stata la spina dorsale di questa città e che è conosciuta in tutto il mondo per la sua produzione."

"Beh, visto che non mi da maggiori indizi, non so di cosa sta parlando."risposi.

"Bene signor Liam, abbiamo avuto un interessante colloquio con il dottor Brain, e ci ha raccontato cosa le è successo. Vogliamo saperne di più su questo dottor Andres, ha qualcosa a che vedere con il caso?" chiese Marta alzandosi dalla sedia.

"Se mi ascoltaste, vi rendereste conto di quello che ho detto, che nessuno della lista ha a che fare con il caso, per questo li ho discolpati con il documento che ho firmato, ma come volete, vi dirò tutto quello che so e deciderete."

"Grazie, ma avevamo già deciso di fare cosi, ora parli."disse Jenaro in tono duro.

"Come vi ha già detto il dottor Brain soffrivo di crisi acute regolarmente,"

"Crisi di cosa?"chiese Marta

"All'inizio i dottori non lo sapevano, quando arrivai per la prima volta in ospedale per un trauma al braccio e una piccola ferita alla testa. Mi curarono e mi dissero di stare attento, chiunque può cadere e mi rimandarono a casa per riposare prima di tornare a lavorare."

"La seconda volta mi capitò davanti ad un famigerato pubblico, i miei collaboratori, dopo aver avuto una forte discussione con uno dei soci dell'azienda uscii accaldato dal locale dove eravamo e andai a prendere un caffè per calmare i miei nervi. Era uno di quei giorni in cui tutto va storto dal momento in cui ti alzi, ero uscito di casa tardi perché non riuscivo a trovare le chiavi della macchina, poi c'era stato un grosso ingorgo a causa di un incidente, poi mi dovetti fermare per fare rifornimento e li mi macchiai la giacca con l'olio, quindi ero in ritardo per la riunione e di pessimo umore, e per finire il socio con cui dovevo parlare mi chiese di dargli dei soldi come anticipo partecipazione agli utili. Tanto sarebbe stato meglio non alzarsi dal letto, ma ero già lì. Andai a prendere un caffè e per strada mi imbattei in una delle segretarie e la urtai, facendole cadere una grossa pila di documenti che aveva tra le mani."

"Mi chinai per aiutarla a raccogliere i documenti, quando sentii dietro di me la voce del socio che gridava mentre gli altri colleghi si avvicinavano per aiutare la segretaria, quando all'improvviso tutto si annebbiò come mi era già successo prima nell'appartamento, e un attimo dopo ero sdraiato a faccia in giù su quei documenti.

Mi ci volle un po per riprendermi, ma quando riuscii a mettermi seduto vidi la segretaria con la faccia contorta dall'orrore, e gli altri colleghi che si erano avvicinati, spaventatissimi."

"Uno dei colleghi si avvicinò e appoggiandomi una mano sulla spalla disse:

"Non ti muovere, presto arriverà l'ambulanza, devi

riposarti."

"L'ambulanza per cosa?"chiesi sorpreso.

"Loro possono aiutarti, dimmi solo se stai bene."

Mi controllai e non notai niente di strano, e dissi:

"Si, certo, aiutami ad alzarmi che mi stanno aspettando."

Mi aiutarono in due ad alzarmi, la verità era che il mio corpo sembrava affaticato, ma ciò poteva essere dovuto alla posizione in cui ero rimasto, sdraiato di nuovo a terra, per fortuna questa volta ero più vicino al pavimento, in modo che la caduta fu minore, perché suppongo che questo fu ciò che mi accadde, ero scivolato su uno di quei fogli che erano caduti sul pavimento come se fossi un tappeto pesante.

Ma quello che mi sorprese di più fu la reazione dei miei colleghi e il volto dell'orrore della segretaria, che nonostante mi fossi alzato e stavo bene, non si era ancora ripresa.

A quel punto arrivò un paramedico che prestava servizio a tutti gli uffici del palazzo e disse:

"Siamo arrivati il prima possibile. Cosa sta succedendo?"

"Non si preoccupi, è stato un falso allarme, sono solo scivolato."

"Come scivolato?"chiese la segretaria in tono di accusa,"non ricorda niente?"

"Cosa dovrei ricordare? La stavo aiutando e sono scivolato su un pezzo di carta, tutto qui."

"Ma stava tremando come se si stesse congelando!"disse

un altro dei colleghi.

"Quelle sono crisi epilettiche, avevo un amico che aveva qualcosa d simile come reazione ad un trattamento farmacologico."disse un altro collega.

"Tremori? Convulsioni?"chiese il medico sorpreso.

"Si, è successo tutto velocemente, stavo raccogliendo i fogli quando all'improvviso ho notato qualcosa che ,mi batteva sul piede, quando mi sono girata a guardare era il piede di Liam che si muoveva come se avesse vita propria, tremando dappertutto. Stavo per dire qualcosa a Liam come per lamentarmi della sua performance, perché se era uno scherzo non era affatto divertente, quando lo vedo sdraiato a faccia in giù, muovendosi ripetutamente, come quando nei film qualcuno tocca un cavo ad alta tensione."disse la segretaria.

"Signore, sarebbe meglio che mi accompagnasse, infatti l'ambulanza deve essere già arrivata ormai, li ho avvisati appena mi hanno informato che c'era un emergenza."

"Ma di cosa sta parlando?Mi guardi, le sembro malato? Sto benissimo."

"E' solo una misura precauzionale, dobbiamo assicurarci della versione dei suoi colleghi, potrebbe non essere niente o potrebbe essere qualcosa, un esame più approfondito ce lo dirà, e così staremo tutti più tranquilli."

"Ok, va bene, anche se penso che spreca il suo tempo, sicuramente ci sono persone che necessitano di più dell'ospedale di me."

"Da lì mi portarono in ospedale e mi sottoposero a diversi esami, ero cosciente di tutto e non vedevo molto senso in quello che stavano facendo, fui ricoverato inutilmente, ma secondo il dottore in sala doveva essere cosi per velocizzare gli esami a cui dovevano sottopormi. Un giorno il dottor Brain si presentò e mi disse:

"Abbiamo già i risultati, dobbiamo parlare seriamente di lei e del suo stile di vita."

"Parlare di cosa?"chiesi sorpreso da quel commento.

"Secondo le radiografie ha subito alcune lievi ferite alle braccia e alle gambe, ma questo potrebbe peggiorare. Le persone che hanno crisi epilettiche alla fine devono adattare la propria vita alla loro malattia, e proteggersi da cadute e lesioni che gli possono capitare."

"Ha detto malattia?Ho qualcosa che non va?"chiesi spaventato.

"Dai risultati preliminari degli esami effettuati, mi risulta che siamo di fronte ad un caso di crisi epilettiche, abbiamo escluso altre patologie dovute all'età e all'assenza di un processo degenerativo visibile della sua funzionalità e motilità fine."

"Non la capisco."dissi al dottore con un'espressione disgustata.

"Voglio dire, a meno che non troviamo un'altra causa,

considero che lei soffra di crisi epilettiche."

"Si, l'ha detto prima. Ma cosa sono? E perché ne soffro?"

"Il motivo è ancora da scoprire, il processo è molto semplice, è come se una raffica di elettricità attraversasse una parte del suo cervello attivandolo in modo incontrollato, provocando la caduta e movimenti spasmodici."

"E da cosa dipende? Ho un virus?"

"Esistono diverse teorie esplicative, dalla genetica a quella ambientale, ancora nessuna di esse è stata esclusa, ma il motivo è il meno importante, dobbiamo concentrarci su cosa fare d'ora in poi."

"Fare cosa?"chiesi spaventato.

"Con la sua vita, non è difficile recuperare una vita quasi normale, può continuare a fare le stesse cose che ha fatto finora, ma dovrà seguire delle rigide regole di cura, sia per quanto riguarda la sua dieta, sia il modo di relazionarsi."

"Non ho capito molto bene."Pensi che è come se soffrisse di cuore, la prima cosa che viene applicata al paziente è un regime dietetico, eliminando quegli elementi che sono controindicati per la sua malattia, vengono eliminati gli sforzi fisici e i sovraccarichi emotivi che potrebbero provocare un nuovo attacco di cuore. Ebbene, è lo stesso che le consiglio, condurre una vita sana e salutare, lontano da alcol, cibi piccanti o troppo pesanti, eviti i movimenti bruschi o che richiedono troppo sforzo in poco tempo. Sarebbe positivo se lei svolgesse attività come camminare o nuotare, ma tutto svolto in forma leggera."

"E tutto questo per cosa?"chiesi interrompendolo.

"Per poter aver una qualità di vita, finché non sappiamo quale sia la causa, dobbiamo eliminare qualsiasi stimolante dalla sua dieta e gli sforzi eccessivi, e le consiglio di cercare uno specialista che possa aiutarla a modificare le sue relazioni e a migliorare il suo controllo sull'ansia."

"Ansia? Modificare i miei rapporti sociali? Ma di cosa sta parlando?"chiesi spaventato.

"Si, uno psicologo di sua fiducia, se non ne conosce nessuno posso consigliargliene uno"

"Questo mi stupisce, la verità è che non avrei mai creduto di averne bisogno, e per cosa?"

Quando lasciai lo studio del dottore non feci nulla di quello che mi aveva detto, e non successe nulla, trascorsi alcune settimane senza avere crisi epilettiche, e ogni mattina mi guardavo allo specchio e dicevo: questo dottore si sbagliava, guarda come sto bene, che voglia di metter paura alla gente."

"E il dottor Andres?chiese Jenaro con impazienza.

"E allora, chi sta raccontando la storia, lei o io? Mi dia il tempo di arrivarci."

"Ma lei pensa che abbiamo tutto il giorno?Dobbiamo risolvere questo omicidio e poi sicuramente ci aspettano altri casi."contestò Marta.

“Casi più interessanti di questo, giusto?”risposi seccato.

“Non fraintenda, stiamo facendo tutto il possibile per risolvere questo caso, lei meglio di chiunque altro sa che quando si tratta della morte di un personaggio pubblico, dobbiamo fare tutto ciò che possiamo, il capo della stazione di polizia esige che sia così, così come il capo della polizia e il governatore...”

“La stampa”dissi interrompendo.

“Esatto”rispose Marta.

“Bene, posso solo dirvi quello che so, ma se non mi lasciate parlare, forse la stampa mi ascolterà.”

“Niente minacce, abbiamo un accordo, ricorda?”chiarì Jenaro.

“Si, lo so, ma dovrebbe esserci una clausola che dicesse che mi sarebbe stato concesso tutto il tempo di cui ho bisogno per spiegarmi.”

“Beh, non l'ha fatto, quindi veloce che c'è molto da fare.”insistette Marta.

“Bene, stavo dicendo, passarono alcune settimane senza avere nessuna crisi, finché non successe di nuovo, questa volta per strada, dopo aver visto rubare la borsa a una signora, corsi dietro al ladro, ma non so cosa sia successo che non riuscii a prenderlo, quello che ricordo dopo è di essermi ritrovato disteso in ospedale con una maschera per l'ossigeno.”

“Un'altra crisi?”chiese Marta.

"Si, e grazie al fatto che il medico del reparto era di turno in quel momento, mi trattarono adeguatamente, come mi spiegò in seguito, altrimenti mi avrebbero semplicemente lasciato riposare e poi mi avrebbero rimandato a casa.

A partire da quel momento seguii uno stretto regime dietetico e andai anche dallo psicologo, anche se non credo mi sia servito a molto, dato che i miei attacchi erano sempre più frequenti e anche la durata era sempre maggiore."

"Mi diedero tutti i tipi di farmaci, passai persino un periodo sotto osservazione per analizzare le mie costanti e, naturalmente, c'erano dei momenti in cui non ne avevo, quando ero tranquillo secondo il dottore, e non potevano analizzarmi."

Finché un giorno, il dottore, avendo esaurito tutte le risorse a disposizione, e che la mia vita era limitata più che adattata, decise di darmi un'altra possibilità mettendomi in contatto con il dottor Andres."

"Quanto limitata?"chiese Jenaro.

"Non potete capire fino a che punto! Dato che mi era stato proibito di partecipare a qualsiasi tipo di evento in cui c'erano assembramenti di persone, come il calcio, il baseball,o qualsiasi altro evento sportivo o culturale di massa."

"Non mi permise nemmeno di uscire a certe ore del giorno in cui la strada era più affollata, e mi costrinse a smettere di guidare per non trovarmi nel traffico, e mi proibì persino di usare l'orologio; questa fu la cosa peggiore, perché per una persona dinamica come me è necessario sapere quanto tempo ci vuole per arrivare in un posto dove incontrare il cliente, poiché fa parte del mio lavoro. E nonostante tutto il dottore me lo proibì."

"Inoltre ho dovuto iniziare a indossare protezioni, che nascondevo come meglio potevo sotto la mia giacca in modo che non si vedessero troppo."

"Protezioni?"chiese Marta sorpresa.

"Si, per evitare di ferirmi quando perdevo conoscenza, perché a quanto pare il mi corpo si indebolisce e io cado, potrebbe succedere sul letto, sul pavimento o su un marciapiede, quindi il mio medico mi consigliò di indossare gomitiere e ginocchiere, per proteggermi. Mi disse anche che se gli attacchi fossero peggiorati avrei dovuto indossare anche qualcosa per attutire i colpi alla testa, ma mi rifiutai."

"In effetti mi fece incontrare un suo paziente, un ragazzo di circa tredici anni che camminava per strada con le protezioni e un casco da motociclista. Quando lo vidi pensai che era uno scherzo,. Ma la madre mi spiegò che era il suo modo solito di andare in giro, immagini di vivere così! Questo fatto mi spaventò perché non volevo finire come lui."

"E che mi dice del dottor Andres?"chiese Jenaro spazientito.

"Riguardo al dottor Andres, era una risorsa che il dottor

Brain non aveva mai suggerito fino ad ora, e me lo disse con molta segretezza. Secondo quello che mi ha detto questo dottore, era stato radiato dall'ordine dei medici di New York, per pratiche poco adeguate alla medicina generale, per aver sperimentato su pazienti senza il consenso dell'ospedale e per aver dato false speranze ai parenti. Da allora si trasferì a Cuba, dove pare mantenga la sua clientela, che si reca sull'isola esclusivamente per farsi curare da lui, poiché pare sia l'unico ad offrire una soluzione nei casi più gravi, come il mio. Così lo contattai per email per sapere se sarebbe stato disposto a studiare il mio caso e pochi giorni dopo ricevetti la sua chiamata, mi disse che sarebbe stato felice di aiutarmi, ma che richiedeva una serie di condizioni, compresa una forte somma di denaro.

"Chiesi al dottor Brian e lui mi disse che, trattandosi di un trattamento sperimentale, il suo studio era finanziato dai pazienti stessi, quindi non si sorprese, e dopo alcune brutte cadute, contattai di nuovo il dottor Andres e acconsentii a tutte le sue condizioni e andai a vivere a Cuba.

"A vivere a Cuba?"chiese Marta sorpresa.

"Si, era una delle sue tante condizioni, rimanere tre mesi sull'isola per controllare che la dose e il trattamento fossero appropriati per il mio caso."

"Secondo quanto mi raccontò, doveva osservare come reagivo al farmaco quotidianamente, per controllare che tutto andasse bene, e se fosse stato necessario cambiare il trattamento o la dose da prendere."

"E lei ha detto solo di sì."

"Certo, quello che volevo di più allora era riavere la mia vita, poter uscire con gli amici, o andare a vedere il baseball, o semplicemente essere in grado di guardare l'ora sul mio orologio."e con un movimento del braccio mostrai loro l'orologio che avevo.

"Vedo che l'ha fatto"disse Marta con un sorriso beffardo.

"Solo per metà."

Capitolo 9. La sentenza

Era arrivato il giorno, a dir la verità, questa parte della giustizia era quella a cui ero meno abituato, visto che molte volte avevo dovuto parlare con avvocati e pubblici ministeri per i tanti casi in cui ero coinvolto collaborando con la vittima, il che stranamente ha fatto sì che fossi stato denunciato dagli avvocati di aggressori, stupratori e addirittura assassini. Qualcosa di surreale per me, ma che a quanto pare usavano come strategia per ridurre la pena, sostenendo che se qualcuno poteva vedere cosa sarebbe successo prima che accadesse, il suo cliente in qualche modo stava solo adempiendo al suo ruolo, e che non poteva cambiare il futuro.

Un argomento pessimo per me, e naturalmente per i giudici che mi hanno prontamente scagionato

C'era anche chi aveva cercato di sostenere che io fossi suo complice e che l'imputato fosse solo il burattino dei miei piani.

Qualcosa che costava un po di più per determinare la falsità dell'argomento da parte della polizia, ma alla fine hanno sempre dimostrato la mia innocenza, e che il mio coinvolgimento in ognuno dei casi era solo fortuito e senza alcuna relazione né con la vittima né con l'imputato.

Ebbene, nonostante tutto e nonostante i miei precedenti, ero finalmente seduto al banco come accusato di un atto che avevo commesso. Non saprei dire come mi sentivo , ma era qualcosa tra la paura e il sollievo.

Spaventato perché sapevo che la condanna massima era la pena di morte, e sollevato di avere l'opportunità di spiegare le mie azioni, cosa che fino a quel momento nessuno si era preoccupato di chiedere.

Ogni atrocità era stata detta al riguardo, non so da dove i giornalisti prendessero queste notizie, ma in nessun caso corrispondeva alla mia vita, pubblicando dichiarazioni di persone che non avevo mai visto, che raccontavano quanto fossimo amici e cose che io avevo detto loro in privato. Tutta una presa in giro e spero non alla giustizia.

A dire il vero tutto ciò aveva messo il capo della stazione di polizia della mia città in una situazione difficile, poiché i crimini non cessavano di accadere, ma poiché ero in attesa di giudizio non potevo partecipare come consulente alla risoluzione di alcun caso che dovesse vedermi in tribunale.

Non che ci fosse qualcosa che lo impediva legalmente, o che la mia capacità stesse venendo meno, solo che lo sceriffo non riteneva opportuno che qualcuno che stava per essere processato per un crimine stesse aiutando a catturare altri criminali.

Bene, così mi sentivo e così mi trattavano, come un criminale, il giudice non si era ancora pronunciato ma la stampa aveva già emesso una condanna.

Se fosse per loro mi darebbero la pena massima, senza

nemmeno ascoltare le mie argomentazioni, né la mia difesa, ma quegli avvocati c'erano, non conosco la loro motivazione, ma quel che è certo è che non mi apprezzavano molto. Forse perché avevo contribuito a incarcerare qualche loro cliente, non so, ma quello di cui ero sicuro è che non ne sarebbe venuto fuori niente di buono.

"Tutti in piedi per l'onorevole giudice Mclelan R. Viten."disse l'ufficiale giudiziario.

Mi alzai come tutti gli altri in quella stanza e quando il giudice finì di enunciare il caso , gli avvocati e l'accusa iniziarono a presentare tutte le prove che avevano contro di me. In quel momento mi ricordai il mio primo processo, beh, il primo in cui avevo partecipato come consulente tecnico, o comunque si chiamasse, Il fatto è che non avevano trovato prove sufficienti per perseguire un assassino e al capo della polizia nonera venuto in mente nient'altro di meglio che farmi testimoniare.

Quella era una novità per me, anche se fino ad allora avevo aiutato in tutto ciò che mi era stato richiesto dalla polizia, salire su un banco di prova ed espormi pubblicamente affinché tutti conoscessero le mie capacità non mi sembrava una buona idea, non solo perché vivevo in una città relativamente piccola dove tutti si conoscono, e questo avrebbe potuto cambiare il modo in cui si relazionavano con me, ma anche perché avrei dovuto testimoniare contro un vicino.

E anche se avevo ben chiaro quello che avevo visto, ed ero disposto a dirlo al processo, non credo che fosse il modo migliore per farlo. Avrei preferito qualcosa di simile a quello che fanno con i testimoni sotto protezione, che mantengono la loro identità anonima, per salvaguardare la loro identità, naturalmente questo l'ho imparato dopo.

Se lo avessi saputo allora lo avrei chiesto senza esitazioni, tanto più per le conseguenze che poi tutto ciò ebbe.

Beh, non ho intenzione di anticipare gli eventi, come ho detto, il capo della polizia, nonostante le molte indagini che aveva fatto, non aveva mai trovato l'arma, nonostante il fatto che la vittima lo avesse riconosciuto e che non avesse un alibi, deluso da una persona su cui lui faceva affidamento per dire che quel giorno non era in città. Alla fine quella persona affermò che non poteva esserne certo, perché la sera prima era uscito a bere con lui, ma poi tutto gli restava un po confuso, non ricordava nemmeno come avesse passato la notte, solo che verso le tre del pomeriggio seguente si era svegliato con un forte mal di testa da postumi di una sbornia, quindi in realtà non sapeva cosa fosse successo la sera prima.

Quindi una volta respinto l'alibi che aveva bevuto tutta la notte con quell'amico, e senza altri testimoni da parte sua, bisognava presentare altre prove, ma non ce n'erano.

Quella corda con la quale aveva cercato di legare la donna

non si trovava da nessuna parte, anche se avevo descritto com'era, da dove l'aveva presa e dove l'aveva messa, quando la polizia andò a cercarla non c'era più lì.

Non so come abbia scoperto che la polizia era sulle sue tracce, né se fosse un caso che le prove fossero scomparse prima che andassero a perquisire casa sua, quello che è chiaro è che non avevano altro che una donna traumatizzata e sotto shock, e ovviamente la mia testimonianza, ed è usando quella carta che il commissario capo tentò di giocare, sapendo che senza prove il criminale sarebbe stato scagionato.

All'inizio mi ero rifiutato, pensando che si sarebbe trasformato in un circo, e io come sua attrazione principale, ma data la possibilità che potesse essere scagionato, dopo aver visto e sentito quello che aveva fatto a quella donna, decisi di collaborare, anche se non molto volentieri. La mia testimonianza fu quanto più accurata possibile, con tutti i dettagli, e sebbene fino a quel momento fossero tutti rimasti in silenzio in aula, l'avvocato difensore mi chiese:

"Ma se era testimone dell'atto, perché non ha tentato di impedirlo? Perché non è intervenuto o ha chiamato la polizia?"

"Vede, tutto quello che ho raccontato l'ho visto in sogno".

"Ha detto in sogno?!"esclamò in tono derisorio.

"Si, vede...ho questa...capacità di connettermi con le persone attraverso i miei sogni, mi fanno vedere cosa le preoccupa o le angoscia..."

"La vittima?"mi interruppe l'avvocato.

"Si, la vittima" ho ribadito.

La stessa vittima che attualmente è in cura psichiatrica, sotto farmaci, e che da quando è stata trovata non è stata in grado di dire una parola e ha solo reagito violentemente vedendo la foto del mio cliente."

"Io quella parte non la conosco, le dico solo quello che so."

"Si, certo, vediamo, riformulo la domanda, la vittima che non può parlare dopo l'aggressione le parlò?"

"Non con le parole, non con quel tipo di comunicazione, ma lei mi ha fatto vedere..."

"Vostro Onore chiedo una valutazione psicologica di questo testimone."

"Cosa?"chiesi sorpreso.

"Vostro Onore, chiedo che venga espulso dall'aula e valutato psichiatricamente. Sta prendendo in giro questa istituzione con la sua follia, non so cosa possa sapere del mio cliente, o se hanno qualche tipo di rancore personale, ma ciò che è chiaro è che questo impostore sta accusando il mio cliente senza alcuna prova al di fuori della sua follia."

"Vostro Onore chiedo che l'avvocato difensore ritratti le sue parole, senza una valutazione psichiatrica, non può chiamare pazzo il mio testimone."interruppe l'accusa.

"Non ho detto pazzo, ho detto che quello che dice sembra

folle, ma è vero, ritiro quello che ho detto e chiedo scusa al testimone per questo."

"Vostro Onore, chiedo che la testimonianza di questa persona sia inclusa nel caso e presa in considerazione."ribadì il pubblico ministero.

"Vorrei esprimere la mia opposizione!"disse l'avvocato della difesa alzando la voce.

"Silenzio! Ho già sentito il suo punto di vista e prima di decidere se prendere in considerazione o meno questa testimonianza, vorrei sapere perché è stato condotto a testimoniare. Lei saprà-disse, rivolgendosi al pubblico ministero-della particolarità del caso e la mia domanda è perché l'ha portato a testimoniare?"

"Vede, Vostro Onore, con tutto il rispetto per lei e per questa corte crediamo fermamente nelle parole di questa persona, che da mesi collabora con la giustizia alla risoluzione dei casi e fino ad ora non si è mai sbagliato."

Quelle parole sembravano provocatorie, poiché nell'aula si era creato grande scalpore, soprattutto tra gli avvocati presenti,

"Vostro Onore, chiedo di sapere a quali altri casi ha partecipato per valutare se è possibile richiedere l'annullamento di questi."disse rapidamente l'avvocato difensore.

Il giudice, ovviamente, sconvolto da quella situazione disse:

"Una pausa di cinque minuti, e voglio vedere immediatamente gli avvocati nel mio ufficio, e lei, signore."disse dirigendosi verso di me.

Non sapevo della procedura, e chiesi alla guardia che era in piedi accanto a me e che annunciò che il giudice stava lasciando l'aula affinché tutti si alzassero, e lo stesso fece quando entrò.

Una volta fatto questo e il giudice era uscito dalla stanza, mi fece segno con una mano di aspettare seduto lì, al posto dei testimoni.

Lo feci, un po a disagio a causa della situazione, perché non mi piaceva essere così esposto ai miei vicini, i quali sembrava che da quando era stato detto quello, non facevano altro che bisbigliare tra loro, a volte indicandomi.

Da dove mi trovavo vidi come l'ufficiale giudiziario conducesse il pubblico ministero e l'avvocato difensore nella stanza adiacente attraverso una piccola porta, e poi senza che uscissero di lì, chiamò il capo della polizia che era rimasto seduto come spettatore nell'aula.

Un minuto dopo l'ufficiale giudiziario uscì e disse:

"Ora tocca a lei, ricordi che parlare con il giudice significa parlare con lo stato, quindi deve sempre esprimersi con il massimo rispetto possibile."

"Si, certo, come potrebbe essere altrimenti."risposi, scendendo dal banco e dirigendomi verso quella porta."

"Bene-disse il giudice appena fui entrato- si sieda e mi parli dei suoi sogni."

Rimasi sorpreso da quella richiesta, raccontai quello che mi era stato chiesto e una volta terminato il giudice disse:

"Ora voglio sentire di nuovo riguardo al sogno di questo caso."

Raccontai di nuovo la stessa cosa che avevo raccontato in aula, e che era quello che avevo visto, di come quell'uomo aveva aspettato che la donna uscisse da lavoro, e che senza darle opportunità di nulla aveva cercato di legarle le mani tenendola stretta per il collo da dietro, il tutto molto velocemente.

Gli raccontai anche come la donna fosse riuscita a liberarsi pestandogli i piedi con i tacchi, e ciò le aveva permesso di girarsi e affrontare l'aggressore, il quale dopo averle dato uno schiaffo se ne andò vedendo che l'aveva riconosciuto.

Tutto questo lo raccontai molto dettagliatamente, cercando di essere il più fedele possibile al sogno, come avevo fatto poco prima sul banco, e quando ebbi finito il giudice mi chiese:

"Lei ci crede?"

"A cosa?"chiesi sorpreso.

"In quello che ha detto. Ci crede?"

"Sto solo dicendo quello che ho visto."

"Bene, grazie, può lasciare la stanza adesso."

Uscendo chiesi all'ufficiale giudiziario dove mi sarei dovuto mettere e lui mi disse di aspettare al banco del pubblico, e così feci, ma non so perché, quando andai a sedermi lì la gente scappò e lasciò la panchina tutta per me.

Quella fu una reazione strana, ma suppongo che me lo sarei dovuto aspettare, specialmente per il fatto che avevano appena scoperto che i loro segreti potevano essere svelati attraverso un mio sogno. Beh, i loro segreti...semmai i loro crimini.

La verità è che non so cosa stessero pensando, ma quel che è certo è che non mi rivolgevano parola o addirittura sembrava che non volessero avermi vicino.

Non so quanto tempo siano stati dentro, penso qualcosa come mezz'ora, e alla fine loro tre lasciarono l'ufficio, e dopo un momento anche il giudice, una volta annunciato dall'ufficiale giudiziario, in modo che tutti si alzassero in piedi al suo ingresso.

In quel momento mantenevo la calma, sapendo che stavo adempiendo al mio dovere di cittadino, e che, se per qualche motivo la mia testimonianza non era stata accettata, avevo la coscienza a posto poiché avevo fatto quello che credevo fosse giusto.

Certo, non mi sono mai ritenuto pronto a poter giudicare, ma solo a dire la verità, quello che avevo visto in sogno, supponendo che le conseguenze sull'imputato esulassero dalle mie competenze, poiché spetta al giudice valutare le prove e determinare la pena, qualora decida in tal senso.

Il giudice, dopo un momento di silenzio, iniziò dicendo:

"Alla luce di ciò che ho ascoltato da entrambi le parti, ho deciso di considerare la testimonianza come valida."

Ciò provocò una grande agitazione tra gli assistenti, e l'avvocato della difesa disse:

"Obiezione, Vostro Onore!"

"Ho ascoltato le sue argomentazioni e ho già preso una decisione."

E con questo l'avvocato si sedette senza dire altro.

"Ora mi ritiro, a breve riceverete la sentenza."disse mentre si alzava di nuovo e l'ufficiale giudiziario ripeteva la stessa cosa in modo che ci alzassimo in piedi in segno di rispetto.

Quella era la prima volta che esponevo in pubblico il mio...dono, ma da quel giorno ho avuto anche molti denigratori che non vedevano di buon occhio il fatto che qualcuno che potrebbe "sapere" tutto viva vicino a loro, forse pensavano che li avrei denunciati o qualcosa del genere.

Non so fino a che punto pensassero che questa capacità funzionasse, ero in grado di sapere che il salumiere utilizzava carta grossa per aumentare il peso quindi guadagnare di più per lo stesso prodotto, e anche che il ragioniere aveva inventato un gioco per guadagnarsi uno stipendio extra senza destare sospetti nella contabilità della ferramenta locale, ma per questo non bisogna avere un dono, basta essere dei buoni osservatori, e no, non credo che tutti rubino, solo che ci sono alcuni che lo fanno, e soprattutto non sanno o non vogliono nascondere, di qualunque cosa si tratti, è certo che da quel giorno tutto è cambiato e non proprio in meglio.

Ci furono persone che da allora non mi parlano, e tuttavia ancora non so perché, ma altri hanno cercato di avvicinarsi a me per fare business con il mio dono.

Tanto che cercarono di offrirmi di tutto, mi suggerirono persino di aprirmi un'accademia per insegnare ad avere il mio dono, come se fosse qualcosa che si può comprare al supermercato.

Naturalmente più di uno vorrebbe frequentare un corso di fine settimana ed essere in grado di aprire la propria attività come...consulente o in qualunque modo voglia venderlo. Proposte che ovviamente rifiutai, non perché non potessi o non volessi spiegare cosa mi succedeva e come mi succedeva, ma perché mi sembrava una truffa, nel senso di far pagare per qualcosa che mi era stato donato, o almeno così lo sentivo.

Sicuramente qualcun altro avrebbe potuto farci un sacco di soldi, ma a me l'unica cosa che interessava era vivere in pace senza dover vedere quelle scene ogni giorno, una più cruenta dell'altra, facendomi domandare cosa avessimo fatto di male come società.

Si, è vero che a volte si trattava di persone che vivevano al di fuori delle norme sociali, o perché erano state espulse dal sistema, o perché loro stesse avevano deciso di uscirne; qualunque cosa fosse, c'è da aspettarselo che chi non si comporta civilmente, prima o poi finisce per infrangere la legge.

Ma, almeno per me, la cosa più sorprendente è stato vedere come le persone, apparentemente socialmente integrate, con il loro lavoro, la loro famiglia e la loro casa, nonostante questo, non era abbastanza per loro e si dedicavano alla criminalità quando nessuno avrebbe potuto vederli, pensando, non so cosa pensassero, di avere diritti o qualcosa del genere, perché paga le tasse o perché ha una buona posizione.

Mi sorprende davvero ogni volta e mi spaventa persino, fino a che punto può spingersi la natura umana, dal momento che chiunque, letteralmente chiunque, può esser la persona che commette il crimine.

Anche se per me la cosa più appagante, se così si può definire, è il fatto di potermi connettere con la vittima pochi istanti prima di morire e di accompagnarla in quel transito.

Aspetto che mi ha fatto ripensare a come avrei dovuto affrontare la morte, almeno la mia.

La prima volta mi ero spaventato, e persino turbato, non sapendo di cosa si trattasse e cosa supponesse, non ero nemmeno consapevole del perché il legame si era mantenuto dopo la morte di quella donna, ma con il tempo sono arrivato a capire tutto.

Non si tratta di ciò che viviamo, né di ciò che facciamo o smettiamo di fare, ma di ciò che portiamo con noi, per così dire.

Una volta spogliati di tutto, i vestiti, il denaro e qualsiasi proprietà, ciò che rimane è...alcuni penserebbero nulla,ma...ho visto cosa c'è oltre, sono venuto a conoscenza di ciò di cui molti parlano ovviamente senza averlo sperimentato, e lo dicono solo attraverso riferimenti di altri, ma io...non so se posso permettermi di dire che sono morto così tante volte che ormai è diventata una cosa normale per me.

Ebbene, non è che sia morto come tale, ma ho accompagnato tante persone in questo processo, o meglio, non accompagnato, ma assistito, o forse accompagnato perché in qualche modo quella persona sapeva che io ero lì, come testimone silenzioso di ciò che gli stava accadendo.

A dire il vero, non so come le vittime si connettessero con me, dal momento che lo facevano prima di sapere cosa sarebbe successo loro, dato che ho visto le scene anche ore prima del fatto.

Questo è quello che successe ad una donna anziana, che non so perché ho iniziato a visualizzarla a casa sua, che si preparava per la Messa domenicale, o almeno era quella l'impressione che ho avuto, e dopo un paio d'ore terminati i preparativi per il pranzo, uscì di casa.

In tutto ciò, io ero connesso, e non sapevo perché, partecipavo solo all'attesa degli eventi, temendo che le sarebbe successo qualcosa di "brutto", ma non sapevo cosa o quando.

Poi la vidi camminare verso la Chiesa, e lì entrò e pulì un po', poi uscì con alcune cose che aveva raccolto per buttarle, e fu proprio lì nel vicolo, dove la rapinarono, e sfortunatamente il criminale la spinse e lei cadde sbattendo la testa.

E poi vidi come si alzava, o meglio, non so se era alzarsi, come si alzava e rimaneva accanto al suo corpo per un po', cercando, non so come interpretare quella situazione, quella realtà di cui cominciava a prendere coscienza, la sua nuova vita, per così dire.

Io di tutto ciò non ero altro che uno spettatore, ma quello che non so è come o perché mi ero connesso,in quell'occasione, ore prima dell'evento e l'avevo accompagnata.

Non ho mai capito come funzionasse, se è la persona, la vittima, quella che mi sceglie o...non so cosa potrebbe essere.

A dire il vero, la situazione, almeno per me, è strana, il ricevere questo tipo di visioni quando non le ho chieste, dal momento che le altre, quelle che ho quando collaboro con la giustizia, sono cercate da me, immergendomi in tutte quelle informazioni che la polizia condivide con me.

A dire il vero, in nessuna occasione mi ha deluso, anche se a volte mi ci è voluto un po' per entrare in contatto con la vittima, ma ovviamente, una cosa è che io lo cerchi e lo desideri, e un 'altra cosa, ben diversa è che emerga semplicemente, e sebbene all'inizio captavo solo, per così dire, i casi della mia città, non ho molto chiaro il motivo, ma a poco a poco sono andato captando anche quelli delle città circostanti, finché poi la distanza sembrava non avesse più limite. Per esempio una volta mi venne chiesto di localizzare una persona rapita e sono riuscito a mettermi in contatto con la vittima, nonostante questa fosse stata portata fuori dal paese.

Non so quale sia il limite della mia capacità, sempre ammesso che ci fosse, ma sia quel che sia, non mi interessa risolvere tanti casi, né fare tante esperienze, ed è per questo che mi ritirai in una casa in montagna.

A dire il vero l'idea fu preziosa, dal momento in cui iniziai a lamentarmi con il capo della polizia per l'intrusione nella mia privacy da parte di quei giornalisti, reporter o gente perbene in cerca di qualche tipo di informazione, consiglio o qualsiasi altra cosa mi chiedessero.

Penso che infastidii cosi tante volte lo sceriffo che alla fine mi disse di trovare una nuova casa dove non mi conoscessero, e mi offrì persino la sua, una baita un po lontana dove andava durante la stagione di caccia, e di cui pochi conoscevano la sua esistenza.

All'inizio non mi sembrò una buona idea, poiché non ero io che dovevo partire, dato che erano stati gli altri a venire a disturbarmi dove mi trovavo, ma dopo pochi giorni accettai la proposta, a patto che venisse a portarmi da mangiare una volta a settimana.

Dopo aver protestato dovette accettare, perché era l'unica condizione che avevo posto, in modo da evitare che qualcuno mi seguisse quando andavo al supermercato, e scoprisse così dove mi trovavo.

Così ci accordammo, lui mi dava casa e cibo e io in cambio lo aiutavo con i casi, e per non farmi veder in città ogni volta che aveva bisogno del mio aiuto andando alla stazione di polizia, il capo della polizia mi portava tutti i documenti del caso e me li lasciava per una settimana, prima di restituirli.

In quel lasso di tempo riuscivo a vedere ogni immagine, leggevo ognuna delle testimonianze e delle varie ipotesi che la polizia aveva sollevato, e in quei giorni stabilivo quel primo contatto con la vittima.

Dico primo contatto perché stranamente finché non finivo di risolvere il caso e catturare il criminale, quella persona, non so come dirlo, insisteva nel mostrarmi l'evento più e più volte, a volte senza apportare nulla di nuovo, e altre, non so come, vedevo nuovi dettagli che prima non avevo preso in considerazione.

Non so se la vittima mi stesse insegnando qualcosa di nuovo o cosa stesse accadendo, ma a volte riuscivo a vedere nuovi dati che contribuivano alle indagini.

A proposito, che non si dimentichi il fatto che il mio lavoro finiva proprio quando l'aggressore veniva processato, non so come, né perché, ma in quel momento il collegamento veniva interrotto, indipendentemente dal fatto che fosse condannato o meno, cosa che certamente apprezzavo, immaginare che qualcuno mi avesse mostrato, notte dopo notte, le scene della sua aggressione, per il resto della mia vita solo perché in tribunale non avevano condannato l'aggressore mi sarebbe sembrato ingiusto oltre che una tortura per me.

Non so come funzioni, ma in effetti, quando veniva accusato, perdevo quel legame.

Ma va bene, io vado per le lunghe e mi lascio sfuggire quello che volevo condividere, e che penso sia la cosa più importante riguardo alle mie esperienze, che è proprio quello che succede dopo la vita o, per essere precisi, cosa succede quando si lascia questo corpo, perché in realtà l'essere, quello che si connette con me quando ancora è vivo, è lo stesso che rimane connesso quando il corpo è morto, quindi è ancora vivo, si è solo staccato dal corpo.

Bene, quello che so e che ho visto è che quell'essere che era già dentro, che era quello che sentiva, pensava e agiva, smette di agire poiché non ha più un corpo con cui farlo, ma continua a sentire e pensare, sicuramente non sente più allo stesso modo, non può sentire dolore quando gli si pesta un piede, o non può sentire l'odore di un fiore, poiché per fare ciò si avrebbe bisogno di un corpo, ma è diverso, è come se quel sesto senso di cui molti parlano sia l'unico rimasto, o meglio forse non l'unico, ma il più importante, poiché senti quando è in arrivo il pericolo, o di chi non fidarsi. Non so come spiegarlo, si sentono delle cose che prima passavano inosservate.

Se solo le persone potessero rendersi conto di questo, quella paura che hanno della morte e l'ignoto di ciò che sta dietro, sparirebbe, perché non ha davvero senso.

Ma quello che mi ha sorpreso di più di questo apprendimento è stato vedere come non tutti fanno questo passo allo stesso modo e lasciatemi spiegare.

A differenza di quanto si può pensare, è vero che ce ne andiamo così come arriviamo, senza nessuno dei beni che abbiamo ottenuto, ma esiste una differenza tra le persone, in base a ..., non so come dirlo, quanto quella persona sia preparata, e non mi riferisco a studi tecnici o scientifici, e nemmeno a quanti libri possa aver letto nella sua vita, mi riferisco ad un altro tipo di preparazione, una più spirituale.

E' come se il tempo della vita fisica avesse un senso in

quanto ti prepara o almeno ti da l'opportunità di essere preparato per la prossima.

Può sembrare un discorso molto simile a quello fatto da alcune religioni, ma più imparo di questa nuova vita, più mi rendo conto che questo discorso che molte religioni difendono non è cosi lontano da ciò che vedo e vivo.

Anche se ovviamente ci sono delle differenze, poiché da quello che vedo e provo della persona che lascia il suo corpo, in seguito non c'è quel "giudizio"di cui parlano alcune religioni, né io le ho viste andare in altri luoghi.

Per la maggior parte delle persone che ho accompagnato nel transito, questo transito è stato, uno stare qui e ora, e continuare qui e ora, quasi senza distinzione per quanto riguarda il modo di sentire e pensare, solo che all'inizio è vissuto come...non so come dirlo...vertigini, no , piuttosto come quella sensazione di quando vai sulle montagne russe o in areo e attraversi un'area di turbolenza, precisamente quella pressione, come se qualcosa ti stesse tirando fuori dal corpo, e dopo, una specie di...leggerezza, assenza di peso, sei solo, e stranamente tutto il resto rimane lo stesso.

Ma ovviamente questa è solo la mia esperienza, suppongo che altre persone la vedranno e soprattutto la interpreteranno in maniera differente.

Ma tutto questo, a parte per quello che ho imparato, non so molto bene a cosa sia servito, perché queste persone, una volta che i colpevoli sono assicurati alla giustizia, in qualche modo scompaiono, almeno dalla mia vita, anche se so che continuano a vivere, è come se interrompessero quella comunicazione che hanno con me a volte per settimane.

Una sofferenza da parte mia, il vedere più e più volte come subiscono le aggressioni, e non poter fare nulla, ma tale sofferenza lascia posto alla pace quando so che sto collaborando affinché questo aggressore venga processato e quindi evitare che possa fare del male ad altre persone.

Ma come ho detto, non tutti lo vivono allo stesso modo, quindi ci sono persone che quando fanno il, non so come chiamarlo, passo, è come se si rifiutassero e volessero "recuperare" la loro vita, cercando di tornare nel proprio corpo, come se ciò fosse possibile!

Altri invece cercano di accettare la loro realtà, come colui che è stato costretto a lasciare la sua casa a causa di un terremoto o di un'inondazione e sa che non può più tornarvi perché non gli è rimasto nulla.

Questo mi da sicurezza, non so come dirlo, serenità, sapendo che non tutto finisce quando lasci il corpo,, e mi ha insegnato a valorizzare ancora di più la vita.

In altre parole, sapere che si continua a vivere mi ha fatto apprezzare ciò che abbiamo, ma non per dedicarmi a guardare e giocare a giochi sportivi, o sprecare il mio tempo in attività di svago, ma ho imparato a valorizzare il tempo in modo diverso.

Anche se è vero che quando ce ne andiamo non portiamo nulla di ciò che abbiamo ottenuto, e mi riferisco alle cose materiali, né alcun titolo o posizione sociale, ma nonostante tutto c'è qualcosa che portiamo con noi, e sono i ricordi di ciò che abbiamo vissuto, positivi o negativi che siano.

"Marta, sei pronta?"

"Si, tesoro, prendo la borsa e corro"

"Guarda, cosa ne pensi?"

"Di cosa?"

"Mi è appena venuto in mente, perché non andiamo in taxi? E' meglio, così non dovremo preoccuparci del parcheggio, perché sicuramente a quest'ora sarà complicato

"Ok, come ti pare."

Mentre chiudeva la porta di casa a chiave sentì squillare il telefono, Marta nel sentirlo disse:

"Tesoro, apri, magari è qualcuno che ha bisogno di qualcosa."

"Faremo tardi!"

"Dai, faccio veloce, non ci vorrà molto."

Entrò quasi correndo lungo il corridoio, raggiunse il salone dove stava squillando il cellulare, quella sera avevano deciso di non portarselo e di prendersi la serata libera.

Era la prima volta che lo facevano da quando...nessuno dei due sapeva quanto tempo era passato, i bambini erano rimasti a dormire dalla sua amica, cosa che aveva fatto piacere a tutti.

Era la prima volta che li lasciavano così, e dopo aver riflettuto a lungo, si sarebbero finalmente presi una notte per loro, poiché era il loro anniversario. Quanti anni erano passati da quella lontana sera quando con tutto l'entusiasmo del mondo, come tutte le coppie, si erano detti il fatidico"sì"? Quante cose erano accadute da allora? La nascita dei bambini era la cosa più importante, ma altri eventi, come si potrebbe dire, polizieschi, avevano cambiato la loro vita.

Quella destinazione così tranquilla che avevano a Cracovia dovettero lasciarla presto, la fama che li avvolse dopo aver catturato il terrorista era tale che non ebbero altra scelta che andare in un posto più discreto. All'inizio era Poznan, ma da li dovettero spostarsi, perché quel collega che quel giorno arrivò alla stazione di polizia e riconobbe Marta rese necessario il nuovo trasferimento.

L'importante era l'anonimato, altrimenti il loro lavoro non poteva essere svolto, e poi c'era l'incolumità dei bambini, che per nessun motivo volevano esporre a nessun tipo di pericolo, poiché già conoscevano per l'esperienza di altri colleghi, la triste realtà. Agli assassini non importa se portano via dei bambini, se con questo recano il maggior danno possibile.

Lei l'aveva già detto, che per niente al mondo li avrebbero esposti al pericolo, ma non era il momento di pensarci. All'improvviso vide Marta che tornava dal salone con il cellulare in mano, la sua faccia sorridente e allegra di quando prima erano convinti di poter passare una serata diversa, ora era bianca, Che cosa le era successo? Cosa poteva essere successo al telefono in pochi secondi da determinare quel cambiamento?

Non disse una parola, solo il suo sguardo si fece penetrante, come a voler dare una risposta, senza formulare nulla, senza parole.

Marta all'improvviso iniziò a singhiozzare, era crollata nel corridoio, non aveva avuto la forza di arrivare dove si trovava lui, le sue gambe cedettero e appoggiandosi con la schiena al muro si abbassò lentamente fino a sedersi sul pavimento.

"Li hanno presi!"era l'unica cosa che riuscì a dire.

"Cosa? Di cosa stai parlando?Chi hanno preso? Cosa ti è successo? Dimmelo, non lasciarmi cosi!"

Marta, in un mare di lacrime, riuscì a dire soltanto:

"Tutti quanti, non ne hanno lasciato nessuno!"

"Ma cosa stai dicendo?Per favore, calmati e dimmi a cosa ti riferisci? Chi hanno preso?Chi era a telefono? Cosa volevano? Tesoro, reagisci e dimmi qualcosa!"

Mentre gli parlava la scuoteva stringendola dalle braccia con entrambe le mani, così forte che l'aveva fatta male e si lamentò.

"Ai"

"Scusa, non volevo farti male"disse subito. quando si rese conto di quanto la stesse stringendo forte senza volerlo, ma il dolore la fece reagire, asciugandosi le lacrime con il dorso della mano, si alzò e disse con voce ferma:

"Andiamo a prenderli, più tempo passa e peggio sarà!"

"Cosa?"disse "Dove andiamo?Chi sono? Che succede?"

"Senti tesoro, hanno preso i nostri figli! Non so come abbiano scoperto ch non erano con noi oggi, credo che se lo fossero stati non avrebbero osato."

"Che cosa è successo ai nostri figli? Chi era a telefono? Cosa ti ha detto?"

"Era Anuska che piangeva, non l'ho sentita bene perché riusciva a malapena a parlare, ma ho sentito che hanno preso tutti e cinque i bambini, i nostri e i loro. Sicuramente chi l'ha fatto non era sicuro di quali fossero i nostri ed è per questo che li ha presi tutti."

"Ma di cosa stai parlando?"Come hanno rapito i nostri figli?E' impossibile! Non ho sentito alcun avviso del loro microchip, e questo significa che non gli è successo niente."

"No, devono aver fatto qualcosa per impedire che funzionasse, ma quel che è certo che Anuska ha detto che era andata a controllare se dormivano, e ha trovato i letti vuoti, e che è stato molto strano perché loro due stavano guardando la tv e non hanno sentito nessun rumore. Come hanno potuto portarli via senza che nessuno di loro cinque abbia protestato?"

Un sospetto mi attraversò la mente, con uno toccandomi la fronte cercai di mandarlo via, gesto che non passò inosservato a Marta.

"Jenaro che ti succede? A cosa stai pensando?"mi chiese con insistenza.

"Niente, niente, non importa."risposi

"Tesoro, ti conosco abbastanza bene da sapere il significato di tutti i tuoi gesti, il volere asciugarti la fronte vuol dire che ti venuta in mente un'idea e vuoi eliminarla perché la ritieni assurda."

"Certo, non ti sfugge niente, si, è così, ma niente, è una sciocchezza, non farci caso."

"Bene, sciocchezza o no, voglio che tu la condivida con me, so che ce l'hai, che come tu dici non sai da dove vengano, ma seguendole ci hanno portato tantissime volte alla soluzione del problema."

"Lascia stare, davvero, non è importante."

"Senti Jenaro, se è importante o no lo decido io nel momento in cui mi dirai di cosa si tratta. E non pensare che ti lascerò in pace finché non lo farai. Sai che ci hanno sempre detto di seguire le nostre intuizioni, o non so come chiamarle, quindi quello che devi fare semplicemente è dirmelo senza perdere altro tempo."

"Guarda Marta, non so perché, ma quando ho pensato al fatto che nessuno dei cinque bambini ha fatto alcun rumore che avrebbe potuto allarmare Anuska e suo marito che stavano guardando la tv, mi è venuta in mente una domanda, e se fossero stati drogati? Forse per questo dormivano tutti e cinque, ma chi potrebbe averli drogati? Qualcuno che gli ha dato da mangiare la stessa cosa a cena.”

“Pensi che potrebbero essere stati Anuska e suo marito?”

“Beh, questo è stato il mio primo pensiero, te lo assicuro, ma poi l'ho eliminato per assurdo, ci conosciamo da così tanto tempo, sono parte della famiglia ormai, ma dimmi, chi altro sapeva che oggi i bambini sarebbero rimasti a dormire a casa loro?”

“Io non l'ho detto a nessuno, però...aspetta...”

“Cosa vuoi dire? Di cosa ti sei ricordata?”

“Credo di aver parlato a telefono dall'ufficio.”

“E c'era qualcuno lì?”

“No, o almeno non credo di aver visto nessuno.”

“E con chi hai parlato?”

“Beh, con Anuska che mi ha chiamato per dirmi che era tutto pronto e non dovevamo portare niente, e che era tutto sotto controllo, come mi ha detto.”

“Ma hai parlato dei bambini e del fatto che avrebbero dormito fuori?”

“Jenaro, credo di no.”

“Ascolta Marta, ceca di ricordare, fermati un attimo e ripensa a quella chiamata. Per vedere se c'è una via d'uscita.”

“Beh, ero al computer, si, ne sono sicura, ho sentito squillare il cellulare e sono andata a prenderlo, ma prima di rispondere dovevo inserire un'ultima cosa a computer, il telefono ha smesso di squillare e mi sono detta: "Che impaziente! Aspetta che ora ti richiamo."ma non mi ha dato nemmeno il tempo che è ricominciato a squillare. Ricordo di aver visto passere qualcuno attraverso il vetro dell'ufficio, ma non ho prestato molta attenzione poiché volevo rispondere prima che riattaccassero."

"E cos'altro. Ricordi altro di importante?"

"Si, ho detto ciao Anuska, scusa ma ero occupata."

"Quindi chiunque avrebbe potuto ascoltarti avrebbe saputo con chi stavi parlando."

"Si, ma di solito non parlo a voce alta e penso che la porta fosse ben chiusa."

"Dai tesoro, non può essere, non la chiudi mai, lo sai."

"Beh, forse era aperta, di questo non ne sono proprio sicura."

"E di cos'altro avete parlato. Ricorda, è importante!"

"Beh, non lo so esattamente, ma credo di averle chiesto se avesse bisogno che le portassi qualcosa per cena."

"Quindi chi l'ha sentito potrebbe aver pensato che avremmo cenato e che non l'avremmo fatto a casa nostra."

"Si, ma cosa poteva dedurne da ciò? Come avrebbero fatto in così poco tempo a elaborare un piano per il rapimento? E' assurdo! Non so cosa pensare, e come hanno fatto Anuska e Fran a non sentire nulla dal salone?

"Beh, forse perché avevano la tv troppo alta."

“Ma come avrebbero fatto a portar via cinque bambini? E' impossibile!Devono essere state più persone, e se un vicino li avesse visti, dobbiamo iniziare a chiedere a tutti nei dintorni.”

“La vedo dura.”

“Perché dici così?”
“Perché i più vicini stanno a un chilometro di distanza.”

“Dai, non esagerare!E quei bravi ragazzi che si vedono nel giardino?”

“E che guarda caso non sono qui, penso che siano andati a Malta in vacanza per qualche giorno, per evitare il freddo di qui.”

“Se almeno oggi avesse nevicato, sarebbe stato più facile seguirne le impronte.”

“Se è per questo non abbiamo avuto proprio fortuna, sono più di otto giorni che non cade una goccia di pioggia o neve, non potremmo seguirne le tracce nemmeno a parlarne.”

“Aspetta, non hai detto che i vicini non ci sono?”

“Beh, questo è quello che mi ha detto Anuska quando abbiamo parlato.”

“Senti, mi è venuto in mente che se c'è qualche traccia di pneumatico potrebbe essere

della macchina di Fran, di Anuska o dei rapitori.”

“Potremmo iniziare da qui. Ma dobbiamo muoverci prima che possano far sparire le prove. I bambini potrebbero essere in pericolo.”

"No, ne sono sicuro, il fatto che abbia preso tanti bambini significa che non vuole fare loro del male."

"Perché lo pensi?"

"Che cosa ne ricaverebbe? Quando qualcuno vuole fare del male è a causa di qualche disturbo mentale, godendo del dolore degli altri. Ma allo stesso tempo non godrebbe nel vedere soffrire molte persone nello stesso tempo."

"Speriamo che tu abbia ragione, e che li abbia solo portati a giocare a nascondino."

"Ma che stai scherzando! Sii seria."

"Senti se ci penso mi viene da piangere e sarà peggio così."

Ricordava tutto questo sulla strada per Johannesburg, era lì che ci avevano mandato per risolvere proprio un rapimento di un personaggio di spicco e di sua moglie, o meglio, il personaggio di spicco era il padre.

Il fatto è che ci avevano mandati ad intervenire collaborando con le autorità locali per risolverlo il più rapidamente possibile.

Jenaro infatti aveva più esperienza di me in questa materia, avendo partecipato a diversi corsi di formazione specifici sulla gestione di situazioni con ostaggi e sequestri di persona.

Per quanto riguarda la formazione, io ho preferito optare per materie legate alla psicologia, in modo da poter aumentare la mia empatia con le vittime.

Mentre eravamo lì, non so come abbiano potuto chiederci di collaborare ad un caso aperto, qualcuno aveva aggredito un politico mentre era in visita per raccogliere fondi per la sua campagna elettorale, un po lontano da casa sua per i miei gusti ma sai, questi americani si muovono per il mondo come se fosse il cortile di casa loro."

All'inizio non volevano darci troppi dettagli, sapevamo solo che stavano cercando un ispanico e ci hanno chiesto aiuto per la questione della lingua.

Abbiamo collaborato con piacere e non ci è voluto troppo tempo per individuarlo nell'hotel dove si era registrato giorni prima con il suo vero nome, più conoscevamo del caso più ci sembrava strano.

Era un consulente veggente, uno di quelli che collaborano con l autorità quando non riescono a risolvere un caso, cosa che sappiamo perché nella nostra stazione di polizia di Siviglia abbiamo diversi sensitivi che svolgono un ruolo simile.

Così grazie all'interrogatorio abbiamo potuto scoprire la sua motivazione, che era quella di cambiare il futuro, quello che non è scritto ma che sembra essere accessibile a pochi privilegiati.

Questa persona credeva di avere il diritto di poter modificare il futuro, come se fosse lui a decidere cosa dovrebbe accadere domani.

La cosa più strana di tutte è che, nonostante il fatto che le autorità americane ci abbiano chiesto di ottenere quante più informazioni possibili, non ci hanno dato alcun dettaglio riguardo all'omicidio, come lo chiamavano, ma ciò non coincideva con la storia che ascoltammo.

Infatti, secondo la testimonianza dell'imputato, lui non ricorda nulla dopo essersi messo al volante con l'intenzione di far precipitare l'aereo su cui viaggiava il politico.

Non so come sapesse il giorno e l'ora dell'arrivo del suo volo, o la pista che avrebbe usato, ma in qualche modo l'aveva saputo e si era diretto col suo veicolo verso la pista.

Successivamente, secondo il testimone, si era svegliato nel fosso dove il veicolo era caduto a lato della pista, e non ricordava nulla.

Chiunque altro non gli avremmo creduto, perché suona come una scusa, ma questa persona, conoscendo i suoi precedenti, è possibile che a causa della tensione del momento, abbia avuto uno dei suoi attacchi.

Sia Jenaro che io ne eravamo convinti, e quando lo abbiamo riferito alle autorità americane, sembravano non essere interessati alla nostra versione, volevano solo sapere se erano in possesso di prove sufficienti per processarlo, come hanno fatto in seguito.

L'unica cosa che gli ha evitato la pena di morte è il fatto che è stato processato nello stato di nascita del politico deceduto, altrimenti niente lo avrebbe salvato dalla pena di morte.

Nonostante ciò, entrambi crediamo che sia innocente, non tanto per il fatto di aver causato l' incidente aereo, ma per le conseguenze, cioè la morte del politico.

Capitolo 11. Il nuovo futuro

"Che cosa avrebbe fatto qualcun' altro al mio posto?"mi chiedevo più e più volte nella prigione dove mi trovavo.

Sebbene mi fosse stato rivelato il futuro, per così dire, ora quello stesso futuro mi aveva condotto in prigione dove stavo per passare il resto della mia vita, e tutto per qualcosa che non consideravo un errore, ma una decisione giusta e coraggiosa.

Il futuro, che parola sfuggente! Pensandoci sempre, preparandomi per raggiungere i miei obbiettivi, cercando di migliorare per avere un "futuro migliore"e all'improvviso...scivola via.

Tutto ciò per cui avevo lottato, le illusioni che mi ero creato, sono svanite dall'oggi al domani.

E' vero che ero consapevole che le mie azioni avrebbero avuto delle conseguenze e non mi aspettavo che mi credessero quando ho raccontato la mia versione dei fatti, ma non pensavo che tutto sarebbe stato inutile.

E' vero che cercai di cambiare il futuro, renderlo migliore, o almeno impedire che fosse peggiore, come avevo visto durante la mia visione, ma non cambiò nulla, almeno non potevo farlo, e poi ne ebbi le conseguenze.

Se avessi saputo cosa sarebbe successo tentando di cambiare ciò che avevo visto, non ci avrei provato, o forse si.

Non sono più così sicuro che il futuro possa essere cambiato, se siamo predestinati a qualcosa o siamo liberi di plasmare il nostro futuro.

E' assurdo pensare che potrei essere un gran corridore, se geneticamente avessi qualche problema nel camminare, questo è chiaro, si dice sempre che "devi solo volerlo per realizzare i tuoi sogni", ma quanti ci riescono davvero?

Se si pensa alla pubblicità, tutto sembra facile e accessibile, ma la realtà è molto diversa, quanti corsi di lingua vengono abbandonati, diete che non si fanno, e anche studi che si devono cambiare perché non si è all'altezza, quindi, lo sforzo non sembra garantire il futuro, anche se senza sforzi sarà difficile raggiungerlo.

Dalla mia cella ora, ho così tanto tempo per riflettere su questi problemi, e così poco interesse nel trovare un qualche tipo di soluzione,

A pensare che ho sprecato la mia vita, se alla fine sarei finito in galera, che differenza fa quello a cui mi sono dedicato, o lo sforzo che ho fatto. Stranamente, un gran vuoto si impadroniva dei miei pensieri giorno dopo giorno, un'assurdità per tutto quel tempo perso tra quattro mura, senza speranze oltre quella che il giorno fosse finito e quindi un giorno di condanna in meno.

E poi la notte, che sembrava eterna, poiché ero sopraffatto da ogni tipo di pensieri e ricordi, credo che rappresentasse una sorta di evasione, pensare a quello che sarei potuto essere o agli eventi del passato. Ma tutto ciò non faceva che apportarmi una sensazione di disperazione, che cresceva notte dopo notte...

Con mia grande sorpresa, quella solitudine forzata, quasi come un isolamento, mi permise di apprezzare il mio dono.

Non so perché sia successo a me, ma l'ho considerato come una benedizione, all'inizio no, ma ora si.

Con così tanto tempo libero mi dedicai a cercare di svilupparlo, perché le visioni apparissero volontariamente, ma non successe nulla.

Tutto ciò mi frustrava, perché le volte che avevo avuto delle visioni erano state involontarie, ma in questo modo non mi servivano a nulla, almeno così pensavo ed è per questo che mi sforzavo di vivere queste esperienze in modo più costante e controllato.

Ma i giorni passavano e io non sapevo più come "forzare"quelle visioni, finché ad un certo punto mi ricordai del mio soggiorno a Cuba, e di come nell'albergo dove mi trovavo mi sentii male, stando diversi giorni con problemi di stomaco, andando dal bagno al letto, e...improvvisamente...ebbi una visione del futuro.

Mi vidi camminare per una strada, circondato da una rigogliosa vegetazione, dirigendomi verso un luogo che doveva essere molto lontano, dato che non c'erano edifici intorno. Mi guardai le mani e in una di esse avevo un bastone che usavo per alleggerire il cammino, mi toccai la schiena e notai che portavo uno zaino da trekking.

Senza dubbio non ero più in prigione, e stavo andando da qualche parte dove avrei impiegato qualche giorno per arrivarci, ecco perché lo zaino e il bastone, ma nella visione non avevo nulla che potesse servire come riferimento di tempo, poteva esser qualcosa che sarebbe successa fra dieci o forse vent'anni.

Non c'era modo di indovinare la data della visione, poiché potevo vedere solo la vegetazione intorno a me e la strada sulla quale stavo transitando.

Forse il periodo dell'anno era più facile da indovinare, direi che fosse primavera, dato che la vegetazione era rigogliosa con un intenso colore verde ed emanava un forte odore di vegetazione che permeava ogni cosa.

O potrebbe essere autunno, a causa della quantità di umidità che sentivo, anche se non vedevo foglie secche tipiche degli alberi caduchi.

Comunque sia, avevo escluso l'estate e l'inverno poiché il tempo era mite e non c'erano segni di neve.

All'improvviso, e senza sapere come o perché, la visione scomparve e tornai alla mia realtà, alle mie quattro mura di prigione, e di quell'umidità e odore di vegetazione non rimase nulla, ma solo una certezza, le visioni continuavano ad esserci, e il mio futuro non si sarebbe svolto in quel penitenziario.

Avevo un futuro che non conoscevo ancora bene, forse una visita che avrei dovuto fare, un incontro con qualcuno che si sarebbe realizzato, forse...

Anche se sembra paradossale, quell'incertezza mi diede di nuovo il coraggio, sapere che avevo un futuro, anche se non sapevo quale, mi rese i giorni successivi più sopportabili, cercando di ricordare quanti più dettagli possibili su quell'esperienza, cercando di notare qualsiasi cosa mi fosse sfuggita, un rumore, un odore, un...

Ma i giorni passarono e tutto quello sembrava solo un bel ricordo, un'esperienza più vicina a quella di un sogno lucido che a una visione del futuro, finché non si ripeté, e passati alcuni giorni, ancora e ancora.

"Deve lasciarmi parlare con la polizia, devo testimoniare."disse la donna dai capelli scuri che indossava un completo con una gonna corta e tacchi a spillo.

"Possiamo far trapelare ciò che sappiamo alla stampa e lasciare che decidano loro."

disse un uomo con un lungo cappotto.

Entrambi stavano camminando per le strade di New York in una fredda mattinata. Arrivando davanti ad un edificio la donna disse: "Sono preoccupata per tutto quello che sta accadendo e ancor più che non facciamo niente, ad un certo punto la verità verrà a galla, e credo che sarebbe meglio se anticipassimo le conseguenze e andassimo direttamente alla polizia."

"Sai che non ho autorità su di te, poiché eri la sua segretaria personale, ma in qualità di nuovo capo della sicurezza ti consiglio di non dire nulla, che il resto del gabinetto si riunisca e decida come agire. Pensa che è stato un duro colpo politico perdere un personaggio così rispettato e amato dall'elettorato, non possiamo prenderlo alla leggera."

"E la sua vedova? Non ha diritto a sapere la verità?"

"Nella nostra professione questa è l'ultima cosa che conta. E' importante solo ciò che credono gli elettori, e noi vogliamo approfittare di questa situazione. A nessuno piace quello che è successo, ma capisci che non possiamo starcene lì a guardare, dobbiamo andare avanti, stai in un partito, che è sostenuto da molti con i loro finanziamenti. Pensa anche a tutti coloro che rappresentiamo, tutti coloro che hanno riposto in noi la loro fiducia per essere un'alternativa affidabile, e soprattutto che sappiamo dare delle risposte."

"E quella persona che è in prigione?Se sapesse cosa è successo sull'aereo prima dell'atterraggio e che il suo intervento non ha avuto conseguenze!"

"Zitta! Ma come ti viene in mente di dirlo in pubblico?"

"Ma non c'è nessuno qui, solo noi."

"Ti consiglio di dimenticare tutto e non dirlo mai a nessuno.

Il pubblico ha ciò che vuole, un colpevole, e finché sarà così non farà più domande."